leo

獅子座
7月23日~8月22日

林小仙 著

狮子座
#攻星记#
Leo

我想一辈子
都活在骄傲里

中国出版集团　　现代出版社

哪怕是看似牵强的微笑，也要活出无人能比的骄傲。

愿有人懂你的口是心非和欲言又止，愿你的努力能让你打心底看得起自己。

因为你自卑，所以你自尊心强，所以你多疑敏感，所以你缺乏安全感，所以你控制欲强和占有欲强，所以你的小心思很多，所以你的烦恼也不少。

你从来没有完全地笑，你从来没有完全地哭，你从来没有完全地怒，你从来没有完全地恨，你从来没有完全地爱，没有一件事是你能做得完全的。

一切都没有完成，没有一件事是完全的。它缠绕着你，于是你脑子里也总有那么多的事，那就是你为什么如此不自在的原因，你永远不会有到了家里悠闲舒适的感觉。

你外表给人感觉开朗活泼，但实际内向；你喜欢发呆，尤其一个人安静的时候；你向往自由，很烦被干涉；你觉得自己是独一无二的，讨厌被人模仿。

你喜欢我行我素，但也有自己的原则；你人缘不错，有很多朋友，但心里认定的朋友不多。你不记仇，脾气说来就来，说消就消。你要记住：如果你是对的，你没必要发脾气；如果你是错的，你没资格去发脾气。

别人对你说的话、做的事，从来不能决定你是什么样的人；你对别人说的话、做的事，才能决定你是什么样的人。

记住你是个很好的人，努力是你的象征，自信是你的资本，微笑是你的标志，你要做到的不是在别人面前委曲求全、让他看到你的努力，而是好好努力并且等待破茧成蝶的那一天。

想要别人爱你，前提是先好好爱自己。

你要记住，世上没有一种痛是单为你准备的。因此，不要认为你是孤独的疼痛者。也不要认为，世上只有自己经历着最深重的痛苦。

成长的屋檐下，有多少人，就有多少事，就有多少痛，就有多少断肠人。在芸芸众生的痛苦里，你才会发现，自己的这点痛，真的不算什么。

有时候，我们活得很累，并非生活过于刻薄，而是我们太容易被外界的氛围所感染，被他人的情绪所左右。行走在人群中，我们总是感觉有无数穿心掠肺的目光，有很多飞短流长的冷言，最终乱了心神，渐渐被缚于自己编织的一团乱麻中。其实你是活给自己看的，没有多少人能够把你留在心上。

再深的记忆也有淡忘的一天，再爱的人，也有远走的一天，再美的梦也有惊醒的一天。该放弃的决不挽留，该珍惜的决不放手。

你爱得起，但是放不下，更怕受伤害；你喜欢折磨人，一会儿对人好，一会儿对人坏。你喜欢追问对方的过去，但又害怕知道对方的往事；你喜欢自欺欺人，一直说以后一切都会好。而人群中，只有那些懂你的人才能看到你背后的眼泪和努力。

你要记住，不是所有人都是真心的，所以不要那么轻易地就去相信；不是所有人都值得你付出，所以不要那么傻地就去给予；不是伤心就一定要哭泣，所以不要那么吝惜你的微笑；不是只有你一个人在努力，所以不要轻易地就放弃。

你只是因为太骄傲，将那些悲伤和难处都藏在了心里，渐渐地别人都以为你已经强大到不需要关心和呵护，终于，骄傲的人只有寂寞相伴。

但是，青春的痛感，正是在于它的茫然无措，你会矫情地放大微不足道的伤口，反复拉扯。其实没有必要。人们欣赏你带着伤义无反顾向前奔跑，不赞成你待在原地惶恐犹豫、裹足不前。

　　虚心接受失败，也骄傲肯定自我。年轻，没什么输不起。

　　从今天起，少一点矫情，没有时间治不好的病；少一点软弱，没有坚强疗不好的伤。在未知的人生里挺胸抬头，不浪费最好的自己去等没结果的爱情。别害怕改变，相信无论自己是什么样子，都会有人喜欢。不必苛求别人理解，只要自己笑得灿烂，如果那是骄傲，你便因此而活。

每天夸夸狮子，狮子就能像只大猫一样温柔待你。狮子的
强悍会在爱上你的瞬间土崩瓦解，但即使这样不要试图掌
控狮子！

leo

目 录

第二辑　一直陪着你的，正是那个了不起的你自己

第三辑　胡闹是一种依赖，礼貌是一种陌生

第四辑　你只有非常努力，才会看起来毫不费力

第五辑　幸福的人遇见幸福，不幸的人喋喋不休

第一辑

不是所有的事都能如愿以偿，但都值得一试

狮子座崇尚英雄主义，注重个人才华的表现，极为率性，创造力丰富又乐观，有热情、勇气和坚定的执行力，自尊心很强，天生就有要成为人上之人、王中之王的野心。

狮子座的内心善良又固执，不畏强权，在团体活动中，常常扮演领导者的角色，极具领袖魅力，狮子即使只是默默地坐在那里，还是一样地引人注意。旺盛的精力和对生命的热情，使狮子座在绝望与希望之间，踏着坚定的步伐，义无反顾。

对乐观的狮子座而言，就算很多事情不能如愿以偿，甚至是得不偿失，但因为那件事是自己喜欢的，所以都愿意去尝试。

这 世 间 的 美 好 ，
唯 你 而 已

心存美好，有拼劲的狮子座，其实只是一只披着"狮子皮"的大猫。

狮子座在成熟之后，总会给人留下自信，甚至自负的印象，他们会刻意保持"我已经是个成熟独立的人"的外在形象。

狮子的才华和努力是有目共睹的，当他意识到自己身边出现竞争对手时，那个咬着后槽牙，一边拼命努力、一边迫切想要超越对方的样子，像极了一个不服输的小孩子。

岁月永远年轻，我们慢慢长大，
你会发现，童心未泯，
是一件值得骄傲的事情。

年长的人告诉你："愉快地度过人生的秘诀之一，就是不忘童心"；失恋的人告诉你："什么海枯石烂，其实根本就是童心泛滥"。

生活告诉你："你应该长大了"；梦想告诉你："你应该有一颗童心"。

其实，童心就是成长之路上不该熄灭的灯塔，是踏入荒凉世界之后还能瞥见的星光。

都说每个人心里都住着一个孩子，只是平时面具戴久了，都忘记了把自己内心的小孩给放出来。也许在最熟悉的人面前，你才更愿意表现出最孩子气的那一面吧。

其实，人生最好的心态是平静，最好的状态是简单，最好的心情是童心。

有没有人爱不要紧，最重要的就是保持几分天真童心，要快乐、开朗，做个幸福温暖的人。

成熟了，却不世故，依然怀有一颗童心；成功了，却不虚荣，依然保持一颗平常心。

　　你要知道，童心和成熟并不互相排斥。一个人在精神上足够成熟，能够正视和承受成长过程中的痛苦，同时心灵依然单纯，对世界仍然怀着儿童般的兴致，这完全是可能的。

　　成长的过程不是变得世故、麻木、僵化的过程，而是活得真实、变得强大的过程。

　　谁不是从天真善良的孩子，被时光折磨成心机重重的疯子。但你尤为珍贵，因为你能保持那颗童心。

　　可是，外表褪去孩子外衣的你，内心还会保持孩子气多久？你是否还喜欢玩乐，喜欢任性、无理取闹，喜欢简单的快乐，喜欢天马行空？你是否已经褪去了孩子的影子，慢慢在成熟的外表下世故起来？

　　很多人的失落，是因为违背了自己少年时的立志。自认为成熟、自认为练达、自认为精明，从前多幼稚，总算看透了、想穿了。就这样，他们就此变成自己年少时最憎恶的那种人。

　　就算不得不长大，也愿你依旧单纯，并且不以无知、任性，或失败为耻，要因为单纯而无所畏惧。

狮子是英雄主义者，注重个人才华的表现，极为率性，创造力丰富又乐观。他有热情，有勇气，有坚定的执行力，自尊心很强，天生就有要成为人上人、王中之王的野心。

leo

请你美好，你会发现，童心未泯是一件值得骄傲的事情。

你不是一双充满贪欲、只顾自己的筷子，而是一支为了照亮别人而不惜燃烧自己的蜡烛；你不是一只专供人欣赏而没有灵魂的漂亮花瓶，而是一块肩负重任却不知打扮自己的朴实红砖；你不是一只摆在饭桌上、迷惘而颓唐的酒杯，而是一只搏斗在风雨中、清醒而顽强的海燕；你不是一块老于世故、随遇而安的圆滑的鹅卵石，而是一支认定目标不断追求的、一往无前的利箭。

只要你的童心不泯，即使只有傍晚的云霞，也能给你瑰丽的想象。

童心是可贵的。这世上有千千万万的人失去了那颗纯真的心，他们认为在这个世界上，除了互相利用、欺骗外，没有什么美好的东西。他们看不到未来，也不憧憬未来。

但你可知道，正是因为憧憬未来，人们才会努力地学习，为实现自己的目标而努力，如果连童心都失去了，看不到美好的未来，那还有什么好期待、好留恋的呢？

灵魂无非就是一颗成熟了的童心，正因为成熟而不会再失去。

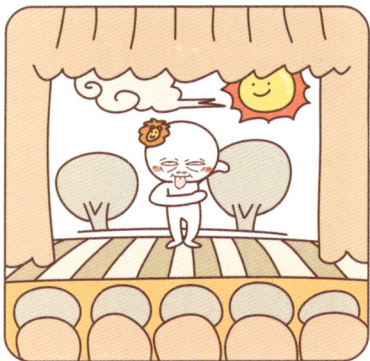

狮子自恋，但不希望别人太过直白的赞赏，旁人最好是拿一个高倍望远镜，"躲在草原"的另一端偷窥，他会装作没这回事，但偶尔做一个鬼脸给别人看。如果有人为他精彩的鬼脸鼓掌，即使他听不到，他也会敏感地弯腰鞠躬答谢的。

童话故事里的小王子就曾说过："所有的大人都曾是小孩，虽然，只有少数的人还记得。"他还说："使沙漠显得美丽的，是它在什么地方藏着一口水井。"

　　其实，童心就是这样一口水井，始终携带着童心走人生之路的人是幸福的，由于心中藏着永不枯竭的爱的源泉，最荒凉的沙漠也化作了美丽的风景。

　　请你温暖，无论这世界多冷漠，请你保持一如既往的单纯美好，无论这世界何等野蛮或世故。

　　你要知道，那些在青春里发生的喜欢、徘徊、坚持或者放弃，都有你最单纯的模样，也是最美好、最真实的样子。

　　这世间的美好，唯你而已。

狮子的天性是孤独且骄傲的，因为其本身就有足够强大的力量，来面对世事无常，但关键是，狮子要掌控好自己的内心。一头了不起的狮子，除了能力超群，还应该有独立自主、无所畏惧的灵魂。

leo

不 是 所 有 的 事 都 能 如 愿 以 偿，
但 都 值 得 一 试

狮子座为人处世总是表现得很强势，时常扮演着推荐人、倡导者的角色。

狮子座不会强迫别人来认同自己，但是他始终相信自己的建议和方法是好的。当有人不同意时，狮子也会感到迷失，感到焦虑，就像一个国王坐在皇宫里关怀着他远在天边的子民。

狮子的强势体现在生活中，就是执着。对他而言，所有让他感兴趣的事情，都值得一试，甚至不管有没有回报，也不论对与错。

人生本来就是走一段路的旅程。
若是美好，叫作精彩；
若是糟糕，叫作经历。

你可以不成功，但不能不成长，成功不是每个人必须经历的，但是成长是每个人都要经历的。

并不是推开所有的门都能看到期待的风景，并不是所有的人生都是完满的。

你要知道，就算不是所有的事情都能如愿以偿，但都值得一试。

在成长的过程中，你可能要忍受某个人的呵斥，在爱情里，你可能会遭到背叛，在生活中，你也许会遭受挫折……其实，这样的事情每天都在上演。

所以，你永远都不是这世上最不幸的那一个。而人生中所有的痛苦与磨难，失败与伤害，都需要你一个人去面对。纵然有亲人或爱人守护在身旁，他们也无法代替你去经历这一切。

对于年轻的你来说，有时候，经历也是一种成长。成长过后，你会感受到爱的存在，并且自爱。

狮子对一般的异性，能滔滔不绝，侃侃而谈，对爱的人却口舌打结。一旦点燃了爱火，狮子往往采取略显浮夸的追求方式。虽然讲究派头，但却以真诚的态度对待喜欢的人。

leo

以前很害怕得罪人，不敢要求、不敢说话，怕冷场、怕被忽略、怕对方不高兴，诚惶诚恐地面对所有人。遗憾的是，你并没有得到相应的尊重。

后来，你开始宠爱和迁就自己，别人迟到了，你就先走，不想做的事情，绝不勉强自己……然后你发现，你不但被重视，而且更开心了。

人生从来没有真正的绝境。无论遭受多少艰辛，无论经历多少苦难，只要一个人的心中还怀着一粒信念的种子，那么总有一天，他会走出困境，让生命重新开花结果。

一个人的时候，不要害怕，不要气馁，更不要退缩；受伤的时候，别抱怨，别纠结，更别企图报复。

也许，在人生突然陷落的洞口里，你才可以看到未曾见过的风景。也许，一些真正重要的成长，只有通过未曾料想得到的失败和伤痛才能体会。

孤胆英雄，说的就是狮子座。就算一个人战斗，狮子也会坚持到底，绝不轻言放弃。绝望中找希望是狮子的生活态度。狮子是那种会冷静到让人觉得神奇的物种，他们身上散发的能量与气场有绝对的说服力。所以说，狮子是个让人心服口服的领导者。

有时候，人总是在感慨自己又回到了起点：一心想继续强大，命运却处处捉弄，终觉浪费；辛苦努力，短时间没有回报，感慨一切都是枉然；想要坚持的事情，最终让时光从指缝中带走……这时的你会生出焦灼无力感，陷入自怨自艾的旋涡，甚至颓废、自责。

　　幸好时间会治疗一切，时光流转于去与来之中，抚平生活的一切褶皱和波澜。

　　事后的你总是会感慨，原来这一切都只是铺垫。

　　你看，所有经历都是有价值的，谁会知道，在未来的某一个时刻，自己会不会感恩于以前所经历的一切呢？一切皆是恩赐！

　　在一切变好之前，我们总要经历一些不开心的日子，这段日子也许会很长，也许只是一觉醒来就会过去。有时候，选择快乐更需要勇气。

　　就算，你或许败北，或许迷失自己，或许哪里也抵达不了，或许你不得不失去一切，任凭怎么挣扎也只能徒呼奈何，或许你只是徒然

狮子就算道歉也得有一套属于自己的玩法。道歉前，他会先通知你一声，"我和你说，我从来不跟任何人道歉，除了你，只有你。"快道歉了，他要是看你态度如何，仿佛在质问你："你能不能好好地跪下来听我道歉呢？"道歉结束后，他还要是看你的态度，就像在说："我都道歉了，你还想怎样啊？"

掬一把废墟灰烬，唯你一人蒙在鼓里，或许这里没有任何人把赌注下在你身上。

　　但这些都无所谓。因为至少有一点是明确的：至少你有值得等待、值得寻求的东西，至少你曾为此奋不顾身地努力过。

没 有 可 不 可 以 ，
只 有 愿 不 愿 意

狮子座善于宣泄自己的情感，但不会自虐，他很爱自己，他的方式是自我解嘲和自我陶醉。他认为这是一种相当优秀、毋庸置疑的生活哲学。

狮子座自恋，但不希望别人对他有太过直白的赞赏，旁人最好是拿一个高倍望远镜，"躲在草原"的另一端偷窥，他会装作没这回事，但偶尔做一个鬼脸给别人看。如果有人为他精彩的鬼脸鼓掌，即使他听不到，也会敏感地弯腰鞠躬答谢的。

任何事情，只要愿意，就会有一个方法，
只要不愿意，就会有一个借口。

怎么会有人担心你受伤害呢，如果被伤害，也是你愿意的啊。

你愿意为了一个人低到尘埃里，你愿意为了一个目标承受重压，你喜欢整颗心被爱情融化掉的感觉，你享受用汗水换来的快乐。哪怕有风险，可是你愿意承担，那这些就都不算什么了。

当有一天你不愿意了，谁也伤害不了你，什么事都为难不了你。

所有的愿意，都是心甘情愿做出的选择。所以选择了什么，就去承受什么。

人生不过是一张单程车票，所有走过的、经历过的都会成为不可更改的历史；所有欢欣的、悲伤的，都是生活呈现出来的真相。

不要抱怨上天的不公，也不要抱怨命运的坎坷，真正勇敢的人，敢于直面惨淡的人生。只有敢于接受真相，不和过去的任何事情较劲，才有精力去改变自己不尽如人意的命运。

当你只能孤注一掷的时候，你只能孤注一掷。如果你犹豫不决，说明你其实还有办法，只是不愿意使用。

这个世界上，有人愿意用一束花去爱你，有人愿意用默默的等待去爱你，有人愿意用两只鸡蛋去爱你，也有人愿意用整个冬夜冰天雪地里捡来的柴火来爱你……

真正让你感动的，不是花有多少朵、有多漂亮，不是鸡蛋有多鲜美、有多珍贵，也不是雪地里的柴火有多浪漫、有多温馨，而是他的愿意。

但凡是他愿意为你做的，即便再微不足道，你也感到幸福，重要的是他愿意去做。

有人说，相识不易，相守更难。的确，每个懒人在清晨都有一个赖床的理由，现实生活最不缺少的就是借口。你愿意如此，你就这样做，没有人逼你。

自己情愿干的事情，多苦都不会觉得苦；自己不愿意干的事情，多容易都不会觉得轻松。

如果你想要做出改变，但愿那是因为你愿意改，而不是为了任何人、为了某种利益，否则，结果多数会令你失望，你最终还是会被打回原形。

人生很多苦，都是不自由之苦。有一种人的痛苦在于：命运给了你萝卜，可是你却偏偏喜欢白菜。

可是这不该成为你抱怨的理由，因为每个人都有选择的权利，谁都不可以替你掌握命运，它只能由你的意愿来掌握。

世上没有什么是一成不变的。走运和倒霉都不可能一直持续下去。无论身受多大创伤，心情多么沉重，一贫如洗也好，没人理解也好，都要坚持住。

获得胜利的人，不一定是实力最强的那一个，但一定是能够坚持到最后一秒的那一个。

人最大的敌人是自己，只有坚持到最后的人，才能等到成功的机会。

只要你愿意为自己的前程努力，世界会给你惊喜。

人之所以会烦恼，是因为记忆问题。我们时常记住了应该忘掉的事情，而忘掉了应该记住的事情。

人生要想快乐，就应该忘记人们对自己的嘲笑与冷漠，忘记人世间的恩恩怨怨，忘记世俗的功名利禄，忘记这个世界一切不愉快的事情，带着微笑活在自己快乐的世界里。

没有人愿意被关在笼子里，问题是给你一片无边无际的天空，你是不是真的敢要。

人生，与其不断追求而无法满足，不如先沉淀自己，看清内心深处真正的需求。

只要愿意打开封闭的心，去体会、去拥抱眼前的幸福，就会比别人活得更富足，更开心。

人生的快乐在于自己对生活的态度，快乐是自己的事情，只要愿意，你可以随时调换手中的遥控器，将心灵的视窗调整到快乐频道。

好 脾 气 得 有 ， 但 要 有 度

狮子座通常会表现得知书达理，温文尔雅，对待金钱的得失、名誉的增减、感情的来去，都能表现出大度的胸怀，有人说这是狮子座爱面子的表现，实际上是因为狮子座的天性是温和的。

但作为"暴脾气星座"的代表，如果有人触犯了狮子座的底线，那么他会变得很可怕。

狮子座生气的时候会将事情越搞越大，多数属于恼羞成怒型，会随便找个替罪羔羊，甚至还会把场面弄得失控。

我不敢乱发脾气、乱摆冷脸，
因为我没把握你会死皮赖脸地贴上来，哄我开心。

是人都有脾气，脾气有大小、好坏、急慢之分。你若是一个没脾气的人，就会像一幅没着色的油画，失了灵魂，少了几分生动。

当然了，脾气太大了，容易让人难以忍受，但一点脾气没有，是肯定不行的。

你对别人好，别人未必领情，相反的，他们把这当作理所当然。于是，你就一直处在"被欺负中"。到了某一天，你终于忍无可忍地爆发了，而他们就认为你变了，还到处说你的种种不是。只是，他们不会去反省你为什么突然这样了。

实际上，能够忍耐下来，你只是比别人多懂了一些尊重人的道理而已，但你要知道，"善良"在有些人的眼中就是"懦弱"的代名词。

所以，好脾气得有，但要有度。

在多数情况下，你总是有一副好脾气，这值得推崇。但是做人之道，有时候也要敢于发脾气，敢于站起来义正词严地反抗与辩驳，人善是很好，但也不能因此而被人欺。

"人善"之所以为人所欺，原因除了这"善人"性格温驯、不善反抗之外，还因为你宽容、厚道、心软、服从、缺乏主见等。

有一天你会明白，人不能太善良，因为人只会挑软柿子捏，即使做到事事大度、宽容，别人也不会感激你，有时候应该适当有点脾气，对待有些人真不能太温柔和忍耐，过分善良会丢失自己的价值和尊严，过分善良也是一种傻。

过分善良的人若是发了一次脾气，就会被人指手画脚，好像突然之间变了模样，换了身份一样。其实，只是因为别人只记得你乖巧的样子，而忘记了你也会发脾气。

如果有人觉得你脾气怪异，因为令他们勃然大怒的事，你能淡然面对；他们觉得鸡毛蒜皮的小事，你却大发雷霆。其实，只是因为他们不懂你，他们不知道，真正能让你发脾气的，与事情的大小、利益的得失无关，而是与你的底线有关。

不善于发脾气的你，一定要学会树立自己的原则，还要有拒绝的勇气，如果能拒绝别人几次，别人自然就不敢随便对你做出无理或有害于你的事情。

不习惯发脾气的你，一定要适度地表达自己的意见和态度。有些人以欺负老实人作为快乐的途径，因此当你受到不公平的待遇时，要有勇气抗议，这种抗议必须有气势，不必得理不饶人，但要充分表达你的立场。

当然了，发脾气不等于生闷气，前者是让别人知道自己的立场，后者只是用别人的错误惩罚自己。

亲爱的，我们要做一个有深度的人，一个有脾气的好人，一个有教养的君子或淑女。

再大件的行李，你一个人也能搬上搬下，生病了你自己可以买药，一切过不去的心情，睡一觉就好。被人喜欢，掏心窝子珍惜；若被讨厌，就让他讨厌，给对方一点存在感；如果对谁忍耐不了了，就好好发一次脾气。

经历过狼狈，才知道死不了就还能爬起来，除非自己低头，否则脆弱都是借口。

经 常 被 伤 害 ，
那 是 因 为 你 太 好 了

因为做事前思考得太多，所以狮子座表现的就算不是真正善良的，也至少是表面善良的。

对于狮子座来说，善良与其说是本质，不如说是狮子喜欢的一种生活方式，以善良的方式活着，是轻松而又受人尊敬的，狮子很早就能洞察到这一点。

提醒一句，亲爱的狮子，你要分清楚善良和心软的区别。

在你看来，善良也许是最好的品质。但越善良，就被坏人伤害得越深。这不是善良错了，而是你缺乏保护自己的技能。因为，美好的东西，永远都有人觊觎。经常被伤害，只是因为你太好了。

学会保护自己，才是善良的前提。不懂保护，就不要随便对人善良。

善良是优点没错，但不能成为你的弱点，这个世界上的人，都愿意靠近一个只用说声谢谢就可以无理由帮他们的老好人，你的好心多了就变成软弱，他们的感谢多了就变成理所当然。

一旦某天你知道拒绝，他们必定会失望。做人要有自己的脾气，适当放高姿态，所谓温柔，也要看是用在谁身上。

也许你本身就是一个"善良"的人，但你是否在付出善良之时观照到事物的另一面：对别人的请求，你总是不好意思说

"不"，忽视自己的真实需要，认为表达不满就是自私。

内心柔软的人重视别人的感受，但有时会因为过于柔软而上当。当美好品质被过度使用，善良对你来说也可以是危险的。

善良的人也可以充分表达自己的意愿和不满，并无须承担过多的责任。因为，一味心软也是一种透支，从你的身体和心灵，甚至从被你帮助过的人那里，都会发出危险信号。

心软的人总是被告知："你还不够优秀。""这些都是你该做的。""你不该喊疼！"心软的人把付出当作习惯，几乎意识不到自己的压抑和需求，对偶尔一闪念的不满深怀内疚。

你不知道如何表达真实的自我，所有的压力和愤怒都被自己"消化"了。

虽然从表面看来，整个人风平浪静，但你却在不断默默消化来自内心的风暴。

这种压抑总有一天会让你付出代价：可能

变得消沉、怀疑、疲惫、讨好，甚至失去生活的兴趣，为了达到别人的期望而筋疲力尽。

假如别人对你加以关注，你可能会手足无措，宁愿在群体中消失。

善良是一种美德，但是有时候，善良也是一把刀。当你对一个坏人一再善良，导致他一再作恶，那么善良就是一把刀。

经历了世事无常，你也开始讨厌被人说成善良，因为你发现，"善良"代表着"怯懦"。

所以，也请你不要把别人的善良，认为是软弱。因为善良的人明白，善良是本性，做人不能为恶。不要把别人的忍让，认为是退缩。因为忍让的人明白，忍一忍风平浪静，让一让海阔天空。

善良是一种宽容，但是有时候，善良也是一种侵略。当你毫无底线地宽容一个人，就会"引诱"他无底线地侵略你的精神领地，那么你的生活也会变得异常难受。

也请你不要把别人的宽容，认为是怯懦。因为宽容的人明白，宽容是美德，美德没有错。不要把别人的饶恕，认为是没原则。因为饶恕的人明白，得饶人时且饶人，一定不要把事做绝了。

更不要把别人的真诚，认为是天真。因为真诚的人明白，违心奉承是应付，忠言逆耳是负责。不要把别人的厚道，认为是笨拙。因为厚道的人明白，厚德能载物，助人能快乐。

不管怎样，你要记住，不管世界变成什么样，你都要善良——有原则、有底线。因为选择善良，就是选择快乐。

一个人如能让自己经常维持像孩子一般纯洁的心灵，用乐观的心情做事，用善良的心肠待人，光明坦白，他的人生一定比别人快乐得多。

尽管没人感激过你的善良，但你依然要选择做一个内心善良的人，选择做什么样的人，是为了自己，不是因为别人。

你外表的善良，取决于你面对的那个人，你内心的善良，其实取决于你面对的自己。

一 无 所 知 的 世 界，
走 下 去 总 会 有 惊 喜

狮子座给人的感觉一向大大咧咧，不拘小节。其实，外表看似粗犷的他也有细腻的一面。

狮子座心思缜密，有强烈的保护欲，懂得照顾每个人的感受。有狮子座"出没"的地方，旁人不会感觉到孤单，气氛永远不会冷场。除非他刻意想压制气氛。

乐观是狮子座的突出特点，对他而言，未来没什么好担忧的，关键是活好现在。

不要在愤怒中回顾过去，也不要在恐惧中展望未来，而要在清醒的意识中体味现在。

当看破一切的时候才知道，原来失去比拥有更踏实。

不论现在生命多么萧瑟，你要相信，你的生命一定会再度盛放。

一无所知的世界，走下去，才会有惊喜。

旅行并不能解决你人生中的任何问题，只是把它们往后推。远方很美，可是那些大城小镇，山河湖泊，长亭短径，一个一个的红绿灯，并不会改变你人生的走向。

想走就走的自由是个幻象，最终你还是要回到出发的地方面对你的问题。

不管是失业还是失恋，失眠还是失足，所有的一切都只能回到现实中来解决。

当你终于沉默，成熟才刚刚开始。

沉默，是一道风景，因为这世界许多时候需要沉默；沉默，更是一种力量，因为善良，因为责任，因为深深的爱。沉默，不是无言，不是卑微，它只是我们所不知的美好的姿态，它是有着深度的内涵。

有时候，不需要说什么，沉默比话语表达得更多。

不要因为爱人的沉默和不解风情而郁闷，因为时间会告诉你，越是平凡的陪伴，就越长久。

也许，路并没有错的，错的只是选择；爱并没有错的，错的只是缘分。

有时候，真的没有下一次，没有暂停继续，没有机会重来。有时候，错过了就永远没机会了。

对乐观的你而言，最快乐的事莫过于：看透了这个世界，却依旧还爱着它。

别人不能要求你生如夏花，活得完美而睿智，这些距离真实的你非常遥远。但你可以要求自己无所畏惧地快乐下去，珍惜当下的每一分钟，每一个美好的人和物。

当下最真实的，不过是一种宽宏和原谅，对自身、他人，以及这个失望和希望并存的世界。

生活的精彩，不只是轰轰烈烈，安静，也是强大的力量。

你不能要求日月星辰按照你的喜好去运转，就像你不能要求你爱的人去爱你。

爱一个人，说不说真的没那么重要。说未必不爱，不说未必爱。爱与不爱，不在于说不说，而在于做不做。

爱一个人是不由自主的，关心你、疼惜你、想念你，都不要你说，他自己会主动去做。因为他乐意。爱是最大的主动。

相反，那种要来的东西就如强扭的瓜，总没有那么甜。可以勉强自己，别勉强爱，勉强的不叫爱。

对的人，是那个让你也不知不觉变得完整的人。对的人，是那个把你的梦想也看得很重要的人。

没有什么比时间更具有说服力了，因为时间无须通知我们，就可以改变一切。

至今，我们都无法真正分辨出，落花与流水，到底是谁有情，谁无意。又或许并无情意之说，不过是红尘中的一场偶遇，一旦分别，两无痕迹。

　　愿这一生，你都如一朵淡雅的莲，婉约细致，从容绽放。

　　不论是感情，还是物质，人的一切都不是算来的，而是争取来的；不是求来的，而是努力来的。

　　胸襟的宽窄，决定命运的格局，努力的程度决定了收获的程度。你能付出多少，就能拥有多少。

　　不是为了要成为什么或最终去往哪里。不是为了躲避，不是为了炫耀。以境遇为上师，检查和提问自心，经历和越过期待、恐惧、怀疑、犹豫。如同悬崖上走钢丝，最终获得平衡、优雅、自如、无畏。

　　人生是场荒芜的旅行，冷暖自知，苦乐在心。

　　愿你能朝着太阳生长，做一个温暖的人，不卑不亢，清澈生活。

梦 想 还 是 要 有 的，
万 一 实 现 了 呢

狮子座内心敏感，前一秒可能还玩得疯癫，下一秒就安静淡泊地做着自己的事。对真正喜欢的东西很坚持，其他都三分钟热度。

狮子座相信永远，又害怕受到伤害，是个非常矛盾的星座。狮子喜欢一切温暖的东西，热爱一切自由阳光的事物，做事坚定，执着，不虚假。

狮子座愿意为自己的梦想和所爱的人放弃一切。对他而言，梦想必须要有，即使再遥远，也要坚持。

其实每个人都应该为梦想、为生命的可能性做一些很艰难但是值得做的事情。每个人都应该回头审视"我想要什么"，这远远比"我如何得到什么"重要。

苏格拉底说："未经审视的人生不值得活。"当你慢慢积累了很多人生经验，有一天，当你想清楚自己想要什么，当你活得精彩、活得认真、跟自己比的时候，你的人生就会散发出无限的可能。

祝你的人生有无限多的可能。

说到梦想，你还记得曾经的雄心壮志吗？但现在，你是依然在你设计的轨道上前行呢，还是已经迷失了方向？

其实每个人都有梦想，但因为生活、学习的压力，那些梦想往往都被现实打破了，虽然那些不切实际的梦想似乎永远都不会实现，而残碎在风中，但你要相信，只要有一天，那个残碎的梦想会再一次完整地出现在你心中，并鼓舞你前行。

梦想还是要有的，万一真的实现了呢？

梦想也许今天无法实现，明天也不能。重要的是，它在你心里。重要的是，你一直在努力。

只要你还有追求，你就不会老去。直到后悔取代了梦想，一个人才算老。

不是每一个梦想都能实现，但每一个梦想都值得被尊重和敬仰。不是每一个梦想都能坚持，但每一个能坚持下来的人都是自己的人生赢家。

这个世界不是有钱人的世界，也不是无钱人的世界，它是有心人的世界。

有人帮你，是你的幸运；无人帮你，是公正的命运。没有人该为你做什么，因为生命是你自己的，你得为自己负责。

人的一生中可能有很多梦想，当一个梦想因现实的阻挠而无法实现时，就应该勇敢地调整梦想的方向。

世界是一个大舞台，生旦净末丑都是重要的角色，只要你脚踏实地把握准梦想的方向，那么，总有一个梦想能在现实中开花，让你获得华美的人生！

你知道吗，大多数人努力的程度根本轮不到拼天赋？

你知道吗，比你聪明、比你运气好的人都比你努力？

你知道吗，你在做白日梦的时候，别人已经去征服星辰大海了？

自以为聪明的人才不去努力，只有懒人才坐等好运气，这类人的人生必将获得差评。

请你记住，再微小的梦想，也能叫醒装睡的你。

你努力了，才有资格说自己运气不好。时间，抓起了就是黄金，虚度了就是流水；书，看了就是知识，没看就是废纸；理想，努力了才叫梦想，放弃了那只是妄想。

人人都有梦想，然而，有的因困难而退缩，有的因失败而气馁，又或因懦弱而放弃。当你不敢追求梦想时，你的人生只能在原地踏步。

记住，唯一能阻挡你实现梦想的，就是你自己。

第二辑

一直陪着你的，正是那个了不起的你自己

作为天生的王者，狮子座的世界里没有最好，只有更好。对狮子座而言，金钱、地位、荣誉都是值得争取的，而且一定要争取拔尖，而这也注定了狮子座会是一个孤独的王者。

放不下骄傲、学不会去挽留的狮子，其实没有表面看上去的那样坚强和洒脱。他的骄傲背后隐藏了太多不愿倾诉的秘密：有遗失的美好，也有回忆里淡淡的忧伤……他们不肯低头的骄傲，只有真正了解他们的人才会懂。

每个人都是一个国王，
在自己的世界里飞扬跋扈

狮子座给人高傲的印象，他们总是一副高高在上、俯视众生的模样。他们自恋起来骄傲，自卑也骄傲，难过骄傲，慌张骄傲，受伤还是骄傲。

狮子座只是不喜欢被别人看穿自己内心的脆弱，所以选择用高傲的外壳把自己伪装起来。

狮子座的天性是孤独且骄傲的，因为其本身就有足够强大的力量，来面对世事无常。狮子要掌控好自己的内心。一头了不起的狮子，除了能力超群外，还应该有独立自主、无所畏惧的灵魂。

每个人都有他的路，
每条路都是正确的。
人的不幸在于他们不想走自己那条路，
总想走别人的路。

很想不计较，很想不放在心里，表面上做到了，心里却是委屈的。然而，很想泼辣的时候，又泼辣不起来，骂人是骂了，但是骂得不够尖酸刻薄。跟人吵架，声音又不够大，最后还哭起来，人家怎会怕你？

其实，你真的不必再为这些难过，因为你从来都不曾孤独。一直陪着你的，不正是那个了不起的你自己吗？

你从来都不曾屈服，你只是催生了一种保护自己的人格力量。这种人格力量中包含了潇洒、坚强、无所畏惧、死皮赖脸，以及对外面的世界兵来将挡，水来土掩。

因为你知道，低头不是认输，是要看清自己走的路。仰头不是骄傲，是要看见自己的天空。

你觉得好，或你觉得不好，这些感受是从你的意识、你的过去中产生的。除了你自己，没有人该为你的感觉负责。没有人让你生气，也没有人使你快乐。

你快乐是因为自己，生气是因为自己，难过也是因为自己。真正干扰到你的就是内心感觉，除非你懂得这个道理，否则你永远只是个感觉上的奴隶。

要当自己的主人，就要明白一件事：不管你身上发生了什么事，你都有绝对的责任。所有发生的一切，不管是什么情形，你都要负绝对的责任。

当你发现人生的苦痛和荒谬是那么的当然，你就该知道眼泪不是对付它的最好办法。

生活有时候就像举枪的猎人，妄图给你一些伤害和痛苦。但是，如果别人给你的痛苦，不能让你痛苦，那么胜利的就是你自己。

因为只要你不愿意，就没有人能伤害到你。

莎士比亚说：适当的悲伤可以表示感情的深切，过度的伤心却可以证明智慧的欠缺。

走过的路，才知道有短有长；经过的事，才知道有喜有伤；品过的味，才知道有涩有凉。什么都可以舍弃，但不可舍弃快乐；什么都可以输掉，但不可输掉微笑。

人生在世，忧伤会有，难过也会时常出现，谁也不能例外。七情六欲，众人大同小异，只是不要放大这种情和欲，以免给自己的人生带来伤害。

因为，除了你自己，没有人能伤到你。

其实，在人生的跌宕与沉浮中，更能彰显出人生的丰满与非凡。

心是一个人的翅膀，心有多大，世界就会有多大。很多时候，限制我们的，不是周遭的环境，也不是他人的言行，而是我们自己：看不开，忘不了，放不下，把自己囚禁在灰暗的记忆里；不敢想，不自信，不行动，把自己局限在固定的空间里。

如果不能打破心的禁锢，即使给你整个天空，你也找不到自由的感觉。

珍惜自己的过去，满意自己的现在，乐观自己的未来。如此一来，你将会变得异常美好且强大。

无理取闹的霸道模样，
有股折磨人的孩子气

在强势的狮子座的眼里，根本就没有他不能掌控的事情。

狮子座既霸道，又折磨人，他的骄傲、冷漠、愚笨和孩子气在不同的环境、面对不同的人时，会自由切换。狮子无理取闹起来，谁也拦不住，精明能干起来，千军万马都阻挡不来。

狮子座总是喜欢故意让别人生气，令人抓狂，这不是心理变态，而是他们觉得对方会生气说明这是在乎自己。

二十岁出头的时候，
请把自己摆在二十岁出头的位置上，
你一无所有，你拥有一切。

强势的你往往不会觉得自己很强势，反倒觉得一切都是理所当然的，是很正常的。但实际上，你已经在不知不觉中被你的朋友、家人打上了"强势"的标签。也许你会发现，强势的人很容易打动别人，但也很容易伤害到别人。

你可以不成功，但你不能不成长。也许有人会阻碍你成功，但没人会阻挡你成长。

你也曾怀疑，是不是强势的人都很难成为强者？是不是要学那些"聪明"的人？是不是应该试着让自己学会委曲求全地做人？

经历了多次的成长阵痛，你终会明白，你最大的问题并不是"时运不济"，而是"太过强势，却不够强大"。

其实，每个人都有自我的强势的一面。一些人的自我意识比别人更强，而另一些人则比较普通。

这种集合了强势、自信的"自我意识"，会为你提供两股力量，一股是当你感到对事情没有把握时，它会成功地为你建立自信，让你更有勇气，更有把握。它还让你相信：自己是重要的，是被需要的，自己做的事情都很棒。然而，它还会有另一股力量，它亦会使你相信，自己其实很重要，重要到大家都离不开自己，久而久之，你内心的平衡就会受到威胁。

但是，一个人想得到心灵的成熟，就必须经过寂寞的洗礼、孤独的磨炼，以及误解、批评和失去。每当你受挫一次，对生活的理解就加深一层；失误一次，对人生的醒悟就增添一阶；不幸一次，对世间的认识就成熟一级。

人生是一场追求，也是一场领悟。生命的豁然开朗总会随着第一缕明媚到来。每一次的失败，都是成功的伏笔；每一次的考验，都有一份收获；每一次的泪水，都有一次醒悟；每一次的磨难，都有生命的财富。

强势的内心历经磨炼，就会显得异常强大。若你能够正确地利用这股强势的"能量"，那么你就会比别人更容易成功。因为每个人都有巨大的潜能，只是有的人潜能已苏醒了，有的人潜能却还在沉睡。

强势的人不会给自己的内心套上枷锁，即使前面有大山，也绝不会觉得前方的路被大山阻拦，然后告诉自己："我不行，我做不到，我害怕。"相反，他们给自己的内心一片自由的蓝天，让它无限自由地翱翔，这才有了一飞冲天的豪情。

青春的痛感，在于它的茫然无措，会矫情地放大微不足道的伤口，再反复拉扯。其实没有必要。

你要欣赏自己带着伤、义无反顾地向前奔跑的模样，你要阻止自己待在原地、惶恐犹豫、裹足不前；你要虚心地接受失败，也要骄傲地肯定自我。

你要记住，年轻，没什么输不起，也没有什么承受不起。

若你是一个强势的人，就继续做那个无理取闹的"坏人"好了。因为解释也没有用，因为在那些不在乎你的人心里早就有了定论，就算他们嘴上说没有关系，实际上你已经是他们心目中的"罪人"了。

若你是一个强势的人，难过的时候就自己承受下来吧。如果你难过的时候，脸上很生气，谁还敢去安慰？别人说一句好话，却要被你顶嘴、不领情，那么你当然只好自己解决了。

然而，正是你这种无理取闹的霸道模样，正是你这种折磨人的孩子气，让你成为了世界上独一无二的你自己。

即便你需要承担异样的眼光，面对他人不易理解的表情，但青春都是如此，带着疼痛，却又义无反顾。

你也迷茫，但你从不逃避现实；你也冷漠，可是只要遇见对的人，你也会燃烧；你也有怯弱的时候，但必要时，你会拿出足够的勇气。

你也曾缺失宏伟的理想，但每一天你都在默默地努力；你也许此时很渺小，但你值得为自己骄傲。

内 心 没 有 方 向 感 的 人，
去 哪 里 都 是 逃 离

狮子座是迷路指数排名第一的星座，方向感极差，只会对自己常去的地方了如指掌，所以向狮子座问路一定是个不智之举。

狮子座也不善于接受新事物，有点顽固，虽然是天生的领导者，可以潇洒地支配一切，但常常排斥新鲜事物。

狮子座的人生目标极为明确，很少会迷失自己。

不管前方的路有多苦，只要走的方向正确，
不管多么崎岖不平，都比站在原地更接近幸福。

如果你总是抱着一种走到哪里算哪里的心态，我想，你只会让自己生活在迷茫中，这种随遇而安的心态并不是豁达，而恰恰是在困难面前怯懦的表现，你真正缺乏的是与生活搏击的勇气，害怕挑战，害怕失败，害怕归零，因此更多的时候选择顺从。

你自己都不知道自己想要什么，命运又怎会给予你想要的东西呢？而当你自己知道自己想要什么，并为之努力的时候，那么，世界就会为你让步。

我们常常像是在迷雾中穿行，前方灰蒙蒙一片，辨不出方向和状况。于是，我们迟疑，驻足。

当我们终于鼓起勇气，放下恐惧和疑虑，一步一步向前，就会发现，其实每走一步，都能将前方的路看得更清楚。

有目标的人，走得再慢，也是进步；徘徊纠结的人，心里再急，也是徒劳枉然；方向错了，停下来，就是进步。

这世界有两种人，一种人从小就知道这辈子要成为什么样，知道自己要去哪里，这种人特别幸福。另一种人则是懵懵懂懂地往前走，哪儿有光就往哪儿去。这种人会辛苦一点，无奈一点，当然，也可能会丰富一点点。

没有前进目标的人，是不会走得很远的。选择做一个什么样的人，才是根本。确定一个正确的人生目标，才是方向。

也许你和很多人一样，都是一边走一边摔跤，一边总结一边调整，做很多事，然后慢慢成长，慢慢找到一点方向，慢慢开始坚定。

走得最慢的人，只要他不丧失目标，也比漫无目的地徘徊的人走得快。

然后你会发现，其实每个人都是一座孤岛，你必须学会融入才不至于看起来那么寂寞，你必须学会这个世界上那些看得见、看不见的规则，在"做自己"和"取悦他人"之间找到平衡点。

在人生的旅途上，一个人应该知道自己到底要什么，什么是自己最想做也最能够做好的事情。也就是说，应该知道自己的志向和事业之所在。

你可能暂时不知道自己到底要什么，但是，你至少必须知道自己不要什么。人世间充满诱惑，它们都在干扰你走向自己的目标，你必须懂得抵御和排除。

事实上，一个人越是知道自己不要什么，他就越有把握找到自己真正要的东西。

人生的道路充满坎坷，只要我们自己知道该去哪里，我们总会在柳暗花明处，找到属于自己的成长的快乐。

有目标的人在奔跑，没目标的人在睡觉，因为他不知道要去哪里；有目标的人在感恩，没目标的人在抱怨，因为觉得全世界都欠他的；有目标的人睡不着，没目标的人睡不醒，因为不知道起来去做什么。

你要给人生一个梦，给梦一条路，给路一个方向。

渐渐地，你终于意识到，跌倒了，要学会自己爬起来，受伤了，也要学会自己疗伤。

当你与众不同，便会孤独，但所有批评与排斥，都是你孤独的光环。问问自己，愿意和批判你的人交换人生吗？你知道答案是很清楚的。

你不需要全世界的理解和陪伴，不必强求无所谓的结果和答案，因为人生在世，知道你爱什么，知道你要什么，知道你在做什么，就够了。

从今天起，你要做一个有目标的人。少一点矫情，没有时间治不好的病；少一点软弱，没有坚强疗不好的伤。

在彪悍的人生里挺胸抬头，不浪费最好的自己去等没结果的爱情，别害怕改变，你要相信无论自己是什么样子，都会有人喜欢。

不必苛求别人理解，只要自己笑得灿烂，如果那是骄傲，你便因此而活。

骄傲是我的保护色，
失去伪装就不堪一击

和狮子座做朋友，你要不断修炼"敌进我退，敌再进我直接躺倒"的能力，因为狮子座可不吃硬碰硬这一套，而且你越是强硬，只会进一步激发他"战斗"的愿望。

狮子座是十二星座中存在感比较强的一个，很简单，他是焦点，哪怕不在森林里，也要在脚底下垫块砖头衬出王者的个头。

狮子座总有种领地感，"我的地盘我做主"，凡事都神圣不可侵犯。不过与白羊的张扬不同，狮子要的不是简单的众人目光的吸引，而是别人对他身份的关注，是别人心底的敬重。

因为我太骄傲了，就像枯叶蝶，骄傲是我的保护色。
一旦失去保护色，我就活不成了，你知道嘛！

你有没有为难过自己，比如不吃饭、哭泣、自闭、抑郁？

有没有一段时光，让你一想起来就振奋不已？那时候的努力，连你自己都感动不已？

但请你相信，或许不是所有的努力都能马上看到结局，但那种拼尽全力的经历会支撑我们挺过每一次人生的难关。

不论怎样，也要骄傲地活着。

你要学会聪明一点，不要老是问周围的人一些很白痴的问题。如果不开心了，就找个角落或者在被子里哭一下，你不需要别人同情、可怜，哭过之后一样可以开心生活。

你要学会控制自己的情绪，谁都不欠你，所以你没有道理跟别人随便发脾气，耍性子。

你可以失望，但不能绝望，你要始终相信，每天都是新的一天。

你还要好好对待陪在你身边的那些人，因为爱情可能只是暂时的，但友情是一辈子的。

所以，你必须找到除了爱情之外，能够使你用双脚坚强站在大地上的东西。

请你不要抓住回忆不放，断了线的风筝，只能让它飞，放过它，更是放过自己。

你要知道，全世界只有一个你，就算没有人懂得欣赏，你也要好好爱自己，做最真实的自己。

在别人的眼里，也许你骄傲，但只有你心里才明白，骄傲只是你脆弱的盾牌而已。

骄傲的人，往往用骄傲来掩饰自己的卑怯。

活在骄傲里，不等于骄傲的人，而是一种贵族品质，一种冷静本真的生活态度。

心性高的人要么被膜拜，要么被排斥，但这种生命里自顾自的模样最终吸引来的，定是不可多得的真爱。

世界很公平，你要什么，也要预备给出什么。你具备什么，决定你能吸引什么。你是谁，就能配得起谁。

活在骄傲里的人，是自由的。不一定每天都很好，但每天都会有些小美好在等你。

不必特地为了某些人而改变自己，变得不是自己，而感到陌生。做真正的自己，总会有人喜欢真正的你！

你有没有想过，为什么你会如此害怕或担心别人的目光和评价？

是害怕真实的自我被人发现，怕自己的面具被拆穿，怕真实的自己不完美，还是怕因为真实的自己不完美而没有人再会爱你？

于是你在想去爱的人面前，把自己藏起来，藏起暴躁、自私、胆小、懦弱、虚荣……你把自己变成了他眼中的大好人，你也因此被上了枷锁，戴了镣铐。

结果，你就像个偷东西的人，总怕被拆穿，总是胆战心惊地过日子，就像怕警察发现你的真实身份一样！

不要轻易落泪，如果难过，请一个人哭泣，不要去找个随便的人就倾诉，不要用眼泪去博取同情，因为这个世界上，同情是一种多余的东西，别让你的悲伤被人误读成懦弱。

对于伤害，淡笑付之。从中吸取教训，不再被伤害第二次，这样就足够了。不要一遍遍抚摸伤口，否则会变成一道丑陋的疤。

时间自然会抚平一切痕迹，不要在逝去的时间里沉溺、过多浪费你的感情。

每个人都应该有三分骄傲——不愿意被别人比下去。走在人群，就被埋没在人群；走在自己的路上，却不知不觉中被别人控制着，这些该是多么悲哀的事？

不要为别人委屈自己，你是唯一的你，珍贵的你，骄傲的你，美丽的你。一定要好好爱自己。

外在的美源于天生，没有人能自主决定，如同不是倾国倾城，那就需要你更勤快一点，要么修饰内功，要么美化外在，总能找到出彩的地方。

一 直 嘴 上 逞 强 ，
心 却 没 那 么 坚 强

狮子座的态度有时会傲慢无礼，性格倔强，对于自己做出的选择和决定，一直都认为是对的。

狮子座虽然是传说中的"太阳之子"，但是如果他的想法受到了限制，狮子座会相当阴郁，变得怪癖。过分的自信，有时候也会阻碍狮子座的成长。

当然了，这种倔强的天性也是狮子座成为优秀人士的先天优势，会让他更加懂得坚持、更有韧性。

累了，蹲下来抱抱自己。
依旧倔强地说，也不过如此。

眼泪，只能博得同情，不能换来感情。可怜，只能让人轻视，不能赢得重视。

如果没有人为你遮风挡雨，那就学会自己披荆斩棘，面对一切，用倔强的骄傲，活出无人能及的精彩。

倔强不是顽固，也不是盲目，倔强不过是一种方式，不愿妥协地坚持自我。

人就一辈子，快不快乐，都应该自己做决定。有些情绪是不能说的，痛而不言，是担心影响了别人的心情；笑而不语，却又憋屈着自己的心情；伪装的笑容下，有多少隐藏的心痛；岔开了话题时，又有多少的言不由衷？

总是为别人着想，却要独自去疗伤；一直嘴上逞强，心却没那么坚强。

你要做一朵倔强的花，开在生命的旅途。身心亲吻大地，灵魂仰望星空，无论风雨，蓄积盛开的力量。

每个人都有一种天生的惰性，总想着吃最少的苦，走最短的弯路，获得最大的收益。但有些事情，别人可以替你做，但无法替你感受，缺少了这一段心路历程，即使再成功，你精神世界的田地里依然是一片荒芜。

成功的快乐，收获的满足，不在奋斗的终点，而在拼搏的过程。该你走的路，要自己去走，别人无法替代。

你的沉默，只是你一个人的难过；你的笑容，才是最绚丽的彩虹；倔强地活着，不容小视；高傲地活着，不要低头。

就算孤独，也不能一个人哭泣，无论走在哪，都要高傲地挺立；就算高压，也不能妥协地趴下，只有仰视生活，膝盖才不至于卑微；就算挫败，也不能窝囊地依靠，无论在何时，都要倔强地站起。

前面的路若过于平坦，惬意久了难以找到方向；或许脚下布满了荆棘，才能找到前方的生机。

这世界没有离不开的人，只有迈不动步的双腿和软弱不堪的心。

如果你做不到敢爱敢恨，也请你保持一贯的骄傲和倔强。因为，你如果失去了自己的骄傲和倔强，那么你也将错过强大到敢于拒绝和放弃的心灵。

很多事情，很多人，既然躲不过，又不能藏，那又何必委曲求全？何必感受别人诧异的目光？

不如将自己张扬成一轮满月，孤傲地立于群巅之上，就算是哭，也要把眼角上扬，让泪滴凝结，将岁月赐给自己的礼物珍藏，等待命运连本带息的补偿！

不管现实有多么惨不忍睹，你都要固执地相信，这只是黎明前短暂的黑暗而已。

做一个倔强的人吧。有情有义、有进有退。

不论是爱情，还是友情，不论是生活，还是成长，每一次际遇都是双向的选择，如果被他人辜负，或者不再被爱，一定要知道用什么来抵挡和回应。

这不是最好的时代，也不是最坏的时代。如果你倔强和骄傲的时刻能多一些，那么你的世界悲情的故事也就少了。

做一个倔强的人吧，就算需要为此付出代价。

比如有些事情，明明过去了，却不得不去固执地回忆，固执地想念；比如有些过客，明明走远了，却不得不固执地去爱，固执地去恨；比如有些时候，明明感觉很累了，却还是要固执地支撑，固执地顽抗。

可正是这些固执的代价，让你那"一有风吹草动就草木皆兵"的心更加安稳，让你的应对世事无常的盾甲更加坚固。

人生只有方向，而没有一成不变的路。沿着这个方向，中间要经过许多不同的路，有平坦大道，也有羊肠小路，有的曲折，有的泥泞，甚至还有陷阱，有深渊。也许走到最后，我们都未必能实现心中的理想，但我们也不能因此妥协。

只要坚持下去，就永远不会有绝路，真正能让我们绝望的，只有自己缴械投降的心。

愿你和你的倔强一样，不改初心，在成长的路上，义无反顾地走下去。

好人有好"抱"，
是天使就会被爱找到

狮子座的正义感与是非感很强，爱憎分明，这会使他有胆量去自觉地维护正义。

光明磊落的狮子座绝不做偷偷摸摸的事情。所以，如果你收到一封匿名的情书，请首先将狮子座从怀疑名单中去掉，勇敢的狮子怎么可以怯于写下自己的名字？

狮子座平日就很热衷公众事务，天生的王者气息更会让他觉得凡是看不过眼的都要管一管，骨子里就充满了正义感。

珍惜那些给你温暖和信任的眼神，
那是天使在微笑。

巴菲特说："评价一个人时，应重点考察四项特征：善良、正直、聪明、能干。如果不具备前两项，那后面两项会害了你。很多人选错恋人或朋友，都与忽视'正直善良'这一关键项有关。"

里根也曾说过："如果你正直，这比什么都重要；如果你不善良，什么也都无关紧要！"

所以，愿你选择做个善良正直的人，因为自己坦然，好运气和命中的贵人也会发现你。

阿瑟·戈森说："正直的人都是抗震的，他们似乎有一种内在的平静。"

这样的平静，能制动、制乱，有了它，生活和内心就不会脱离正常的轨道。从这个意义上来说，正直像航线，能给人以方向；正直像灯塔，能给人以光明。

要做正直的人，你就要敢于直言。

当然，这样的直言，像狂风暴雨，弄不好还会遭遇打击、葬身其中。但是，正直的人，对此没有丝毫担心或畏惧。除此之外，还有一种直言，像和风细雨，缓缓拂面而来。

要做正直的人，你还应该做正直的事。

事实往往是，如果你一旦做了违背自己内心的事情，那么这件事就会成为你的正直、你的内心开始沦陷的起点。所以，正直的人，从来就懂得防微杜渐，从来都知道自律和坚持。

要做正直的人，还在于你要听从自己内心的声音，不因外界诱惑而迷失方向。

人的幸福在于，听从自己内心的召唤，做着自己觉得正确的事，不妥协。

现实中的我们，往往会克制内心的渴望，过着外表光鲜、内心却无比空虚的生活。我们不是不知道自己想要做什么，我们只是听到有个声音在说，还是算了吧，就这样吧，现在的生活挺安稳，你还想怎么样呢？

是的，我们都没有勇气，放弃既得的，去挑战未知，我们都害怕失败，不被人理解。我们的内心只能蜷缩在角落里，每天都能听到它的叹息。

成功的人之所以成功，就在于他的勇敢和坚持。即便不被世俗认可，即便备受挫折打击，也忠于内心，走自己的路。

听从你内心的声音，不要去理会外面的那些噪音。在遇到困惑的时候，你内心的感觉才是你最真实可靠的向导，你的心不会欺骗你。

如果说正直的言行是枝叶，那么正直的灵魂才是我们的根，没有根，一切都是空中楼阁。而一个正直的人，往往都是正道而行，以诚待人，其真诚不会因为你是名人或普通人而产生不同的标准，即使面对那些暂时还处在困境中或尚未出名的人们时，也会一视同仁。

而一颗正直的灵魂必须懂得拒绝。泰戈尔说，在鸟的翅膀上系上黄金，它就飞不起来了。一个正直的人更是如此，必须拒绝那些名利、权势、财富等身外之物，而身外之物往往属于欲望的内容，这个内容丰富了，正直的内容自然就匮乏乃至消失殆尽。

"直"字时刻记心间，做人就有了底气和靠山。

一个人的柔软，是要写在外表的；而一个人的坚强，是要刻在心上的。

所谓看似温柔的人和强大的内心，是最好的搭配。最难堪的状态是，看起来很强大，里面却藏着玻璃心，看似若无其事，实际上被人伤了一地。

别以为柔软的外表会受伤，其实，真正的强大是，看起来云淡风轻，心里却是水火不侵。

愿你依旧勇敢，愿你永远是自己的主宰。愿你能做最真的自己，遵从自己内心的意愿：让懂的人懂，不管岁月流年，不管流言蜚语。

爱就热烈回应，
不爱就缄默不言

狮子座给人的感觉就像一头巨狮，威严而不可侵犯，做事勇猛过人。

在人群中，狮子座永远是最活跃显眼的一个，能以开朗大方的态度进入一个崭新的圈子，有一套使自己大出风头的哲学，而这些多半是靠着天生的气质造就而成。

狮子座最厉害的一点是，虽然给人威严的感觉，但却不是傲慢得不可接近。整体来说，突出的骑士精神，和明显的绅士风度使狮子座显得与众不同。

抱歉，我一直说抱歉，
这只是教养，又不是真的求你原谅。

碰到你所不能理解的事，你可以说"我不信"，但不要说"根本不可能"；遇见你所欣赏不了的人，你可以说"我不喜欢"，但不要恶意攻击。

爱就热烈回应，不爱就缄默不言。这不是性格问题，是教养。

你可以貌不出众，可以平淡无奇，可以资质愚钝，甚至可以没多少气质，但是你不可以没有教养。

有教养的人，处世落落大方，不卑不亢，不张扬，不显摆，似一株幽兰，芬芳四溢而不自知。

有教养的人，面对名利、金钱的诱惑，会三思而行，反复斟酌，不会轻易让自己陷入尴尬的处境。

有教养的人，在平静的岁月里，是柔风细雨，于淡然中抒滴旎柔情。

有教养的人，在遭遇人生挫折的时候，是高山大川，在险峰处揽无限风光。

　　教养，是日常生活细节中给人的一种印象，一种说不出道不明的感觉。

　　一个人的教养不可以一蹴而就，也不是单纯的礼貌，而是一种习惯的积累，一种涵养的综合。

　　有教养的人，不一定家世良好，但大都爱好读书和学习，懂得只有知识的充实和强大，才能忠实自己，受益一生。

　　有教养的人，不一定坚强独立，但大都崇尚本真的自我，懂得只有心灵的纯净和善良，才能感受生命的真实。

　　有教养的人像潺潺溪水，让周围的人被浸润。

　　谦逊是一种教养，正义是一种教养，自尊更是。

　　教养不是随心所欲，唯我独尊；是善待他人，善待自己，认真地关注他人，真诚地倾听他人，真实地感受他人。

真正的教养来源于一颗热爱自己，热爱他人的心灵。"己所不欲，勿施于人"是对教养的最好诠释。

可以说，一个人最让人敬重的资本是教养，而不是财力、身份地位。

看得见的教养是容易的，难的是看不见的教养。在乌合之众中，谁能保持优雅和教养？在生死关头，谁还能像一个绅士，把生的机会留给妇孺老人？这不是作秀和异类，这恰恰是最能体现教养的关键之处。

教养不是道德规范，也不是小学生行为准则，没有考试，它是一种体谅，体谅别人的不容易，体谅别人的处境和习惯。

不因为自己让别人觉得不舒服，这就是教养的简单道理。要努力做个更好一点的人。比刚刚好，还要好一点的人。

你要记住，良好的教养可以代替财富、荣誉、地位。

对于有教养的人，所有的大门都向他敞开。他即使是身无分文，也随时会受到人们热情的款待。

良好的举止足以弥补一切自然的缺陷，通常一个人最吸引人们的不是容貌的美丽，而是举止仪态让人心悦诚服。

第三辑

胡闹是一种依赖，
礼貌是一种陌生

狮子座给人的印象是坚强、骄傲。但你是否曾想过那只不过是他"故作"的坚强。狮子座从不会在爱人面前大声哭泣，但会躲在被窝里独自垂泪到天明。狮子座在和爱人分手后，不会像巨蟹那样，要生要死，他只会嬉笑怒骂，变得更加"开朗"，他的表现总是让人怀疑他投入到这段感情的深浅，只有那些知道背后真相的人才能看见他背后的眼泪、努力与付出。

如果你有幸看到狮子座的泪水，那么你要知道：他不是在博取你的同情！而是内心高傲的他情难自已、控制不了自己的情绪。

对狮子座而言，任性胡闹是依赖一个人、信赖一个人的表现。因为狮子潜意识中认为，那人一定会原谅他。

有 些 人 说 不 出 哪 里 好 ，
可 就 是 谁 都 替 代 不 了

狮子座总是后知后觉，就像是对冬天的暖气，没了才知道它有多重要、有多好。

狮子座会不自觉地和亲密的人谈起与旧爱的美好回忆，每一个细节都会描述得非常清晰，甚至脸上会不自觉地露出一丝微笑。但当你问他是不是对对方还有感觉时，这些好面子的人，可是从来都不会承认的。

有些人的好就像埋在地下的酒，总是要经过很久，
离开之后，才能被人知道。
剩下饮酒的人只能寂寞独饮至天明。
最遥远的距离是人还在，情还在，
回去的路已不在。

不忘初心，方得始终。只有走过弯路，才更确信当初最想要的是什么。有些事，有些人，有些风景，一旦入眼入心，即便刹那，也是永恒。

舍不得的不是名字，而是人；忘不了的不是曾经，而是感情。

有一种人，你想忘了，却忘不了；而有一种人，你不想忘了，却忘了。

有一种人，你只能放在心里，却不能在你身边；而有一种人，只能在你身边，却不能放在心里。

有一种人，你只能根植在记忆里，但不会开花结果；而有一种人，能够开花结果，却进不了你的记忆，你只能让他随着岁月而去，随着记忆而逝。

生命是一场又一场的相遇和别离，是一次又一次的遗忘和

开始。可总有些事，一旦发生，就留下痕迹；总有个人，一旦来过，就无法忘记。

每天我们都会遇到各式各样不同的人，他们大都是匆匆过客，路过你的身边，也许也会路过你的记忆，但是，只是路过，就像风一样，风过无痕。

可是，茫茫人海中总有一个人，他曾经路过你的心，留下了永远不能磨灭的脚印，深深地印在你的心头，无论时光流逝，时空转变，他的脚印不曾褪色，不曾消失。

当所有的人成为你的记忆中模糊的影像，他依然萦绕在你的心头。就像北极星，当季节更替，所有的星星改变了位置，只有它——北极星，依然停留在原来的位置，默默地闪着光。

每个人心中都有一颗属于自己的北极星，每个人都有属于自己的方向，而那个路过你的心的人，他总是停留在你内心最柔软的地方，淡淡的，淡淡的，却不曾忘怀。

不要努力地忘记，那只会让你的记忆更加深刻，既然他曾经路过你的心，那就为他留一片小小的空间，成为一份遥远的回忆，一份甜美的回忆吧。

人字，一个撇，一个捺，只有一个交点，就注定一生中只能为一个人停留。一生中，也许真的只有一个人能路过你的心。

所谓永远，所谓曾经，到不了的就是永远，忘不了的就是曾经。

有的人、有些事，一转身就是一辈子。最初不相识，最后不相知。有些爱，不得不放开，蓦然回首，已无力诉说。

时间不会改变痛，时间只能适应痛。生活就是这样，四季流转着，一些人遇见了，一些人失去了，最后又会留下谁陪伴在你身旁呢？

时光流逝，也许只有那么一个人，哪怕只是曾经路过你的心，便没齿难忘。

这世界没那么多的天作之合，让两个人一起开始，又顺利地白头到老。你不好或者他不好，本来就没那么重要。

在爱情中的那个你未必真的是你，相爱有时是一件令人恐惧的事情，它会让人变得狭隘、恐慌，变得浑身是刺动辄伤人，所以无法走下去。

　　直到多年以后不经意地触碰到那个记忆，才觉得有些人没那么好，但却怎么都忘不了。

　　有些人命里遇见，从相识到相知，到最后的相忘于江湖，似乎都是命中注定。

　　缘分就是深深浅浅的生活中的礼物。缘分到了，自然有人向你走来。有些人遇见只是一场烟花易逝，有些人遇见注定改变一生，有些人遇见注定要终其一生来遗忘。

　　你也许会说，总分不清什么是同情，什么是怜悯，什么又是遗憾，什么是不甘，但你就是不敢承认那就是曾经的爱，还在苟延残喘。

　　最伤感的爱情故事结局，不是你曾经爱过他，而是你依然没忘掉他。

　　就算你还是不确定自己能用多少时间把他忘了，也不敢保证你就能真的把他忘了，但你也只能像现在这样，不吵不闹，不悲不喜，安安静静的，与他再无交集。

胡 闹 是 一 种 依 赖，
礼 貌 是 一 种 陌 生

狮子座在人群中总是那么耀眼，有人爱他的霸道，有人欣赏他的的大气，有人享受狮子给自己带来安全感。

当你和狮子座相知相爱后，才发现外人眼里霸气的狮子也有柔弱的一面，他们喜欢依偎在你身旁，黏你闹你。

如果你觉得狮子座孩子气，你要知道，他的脆弱只有你能看到，保护你的时候他仍会义无反顾，只因他爱你。

我们都像小孩，胡闹，是因为依赖；
礼貌，是因为陌生。
主动，是因为在乎；
不联系，是因为觉得自己多余。

很多时候，你宁可病了一个人扛，烦了一个人藏，痛了一个人忍，街上一个人逛，路上一个人想，晚上一个人上床……

因为你慢慢地习惯了一个人的生活，变得沉默、变得冷落、没了理想、不想说、不想看。

其实，你不是高傲，也不是胡闹，是厌倦了所有的依靠。

有些人不是真的脾气好，只是有爱，自愿脾气好；有些人任性，不是真的任性，只是在有人爱时，才这样撒娇。

你曾经也爱找茬儿，跟你爱的人闹，是希望闹过之后，他能心存歉意，对你更好些。

没进入恋爱之前，你都可以淑女，一旦自认抓牢了一个人，你开始对他刁蛮任性。你不是脾气不好，你只是用"发脾气"来证明自己拥有对方。

当你开始生出折腾一个人的欲望时，说明你真的爱上了他。

心理学上说，大多数人只对自己感到有安全感的人发脾气。因为潜意识知道对方不会因此离开你。其实，胡闹是一种依赖。

你最爱干的事情，就是用不温柔的方式讨要温柔。

明明想要抱抱，却变成了�‐嘴或唠叨；明明想要手拉手，却倔强地转身就走；明明想要听他哄两句，所以佯装生气。所有孩子气的任性，不过都是爱一个人才有的小心思。

越来越任性是因为爱得太深，越来越沉默是因为伤得太痛，越来越礼貌是因为失望透顶。

礼貌，是一种距离，客客气气地拒人于千里之外。讨厌一个人，无须对他冷言冷语，只需"礼貌"到极致，便能够达到你想让他滚远点儿的目的。

这就是为何越无懈可击的淑女越难有死党，一个处处礼貌时时谨慎的人，真的很令人觉得冷。

很多时候，客气不是用来表达修养和礼貌的，是用来制造距离的。

久不联系的朋友不再有苦水向你倾诉时，就疏远了；曾熟悉的他，生活得怎么样而你不知道，就变淡了；不找出个事儿或理由不好意思约见面，就陌生了；拿起电话看着那个熟悉的名字又放下，就已决定了擦肩而过……

如果真的在乎一个人，不论是朋友、恋人，还是亲人，请认真地告诉他，你不怕他有事麻烦，只怕他对你说客套话，让你觉得遥远。

可是，当你以为他不会离开，所以自己可以为所欲为的时候，也就为"他的离开"埋下了伏笔。

深信不疑的是他的陪伴，措手不及的是他的离开。

你以为你们还像以前一样，你可以毫不顾及形象地站在他面前。再次路过时，他只看着你，什么也没说，就这样地从你身边走过，连头也不回一下。

你不知道这是怎么了，他就像是突然失忆了一样，变得这么的陌生。

相爱的两个人吵架，往往不是没感情，而是用情太深。爱得深时，一点矛盾都会让人受伤很重。由于太重视对方，所以放不下。

真正的爱，不是永远不吵架不生气不耍脾气不胡闹，而是吵过闹过哭过骂过，最心疼彼此的还是对方。

相爱，就是要感恩对方的优点，容忍对方的缺点，因为爱就是坚持在一起。

当然了，就算你们最后没能在一起，或者没有成为最好的朋友，但是你依然希望他记得你们在一起的时光。就算那时候的你喜欢胡闹、发脾气，还小肚鸡肠，为了一些鸡毛蒜皮的事和他吵得不可开交，但你还是希望他知道，因为他是那个你最想依赖的人，最想爱的人，所以你会如此任性好久。

有时候你把什么放下了，不是因为突然就舍得了，而是因为期限到了，任性够了，成熟多了，也就知道这一页该翻过去了。

about,幸运

珠宝：琥珀

颜色：艳黄 浅黄 褐色

星期：星期日

物品：太阳
　　　金质纪念章

旅居国及地区：
　　　法国 意大利 阿尔卑斯
　　　西西里岛 秘鲁 黎巴嫩

场所：豪华地方 高级宾馆
　　　剧场 展览厅 娱乐场所

数字：1 7 10 19 28

花卉：向日葵

爱若不能两情相悦，
必有一人沦落荒野

狮子座的爱很骄傲，他那博大的爱在给人带来温暖的同时，也会成为一座豪华舒适的"监狱"，被爱的人的一切都为他所有。

狮子座会告诉别人应该穿什么样的衣服，留什么样的发型，读什么样的书，他会对你交什么样的朋友以及如何安排自己的一天指手画脚。

狮子座一旦是被动的一方，又或者是爱上了一个不该爱的人，那么狮子座需要很长时间才能释怀。

不对等的爱，
多么像子虚乌有。

你苦苦爱着一个不该爱的人，一天，他问你："我是不是也曾给你快乐?"

你好想拼命点头说是，可也就是在这一刻，往事涌上心头，他给过你的那些快乐、他对你的好，在回忆里却宛如幻影般似真还假，你记不起来了，只记得和他一起是苦得多。

那么，请你记住，爱的时候，让他自由，不爱的时候，让爱自由。

世界上有两件事是永远也勉强不了的：小时候是学习的兴趣，长大了，是爱情。

请你记住，爱，可以一点一滴地修饰你的言行与灵魂，而不是小心翼翼、战战兢兢地讨对方的欢心，或是整天提心吊胆地担心那人的变心。

当初，你以为只要认真地喜欢就可以打动他，以为只要坚持，你们就可以修成正果，可是你忘了，你怎么可能叫醒一个装睡的人呢？仙人掌又怎么会开出玫瑰花？

那时候，他的一举一动都牵扯着你的心情，他开心你就开心，他难过你就流泪，像极了一个傻瓜。

后来，你终于懂了，能打动他的人由始至终都不是你。

当他不爱你的时候，无论过去他是否爱过，后来却忘了，又或者从未爱过，总之，当你无法成为他心里的那个人的时候，他的心便不会记得你，更不会在乎你。

不爱了的那个人永远是先放开手的。

而最可怕的是，他站在离你一步之遥的距离，看清你所有的心思后，却依旧无动于衷。

当所有的付出像抛向空中的石子，得不到回应的失落，被重力加速度更重地拍打在你心上。到最后你一定会明白，放弃一个不爱你的人其实并不值得难过，得不到回报的付出就应该适可而止。

当他不爱你的时候，不要与他讲你的琐事，也不要没话找话说，这些是最愚蠢的，也是最无用的。

也许此刻，你不过是希望让彼此更熟悉一些，不要一下子感觉太生疏，其实你只是暂时过不了自己这一关，但他已是没有兴趣去了解你，你的生活，你的想法，你的长处短处与他有何相干？

即使讲了，他也很快会忘记的，就如他忘记曾经对你说过的誓言一样。

没有了爱，注定你挤不进他的生命里。即使，你要的哪怕只是一个很小的角落。但在他的眼里，你曾经有过的优点只会慢慢变成一种负累，不会再对他有一点点的吸引力。

当他不爱你的时候，你的爱便是他的负担。请千万不要去计算自己曾经的付出有多少，不要希望有什么回报，更不要再有意无意地流露出你的留恋和不舍，因为一切早已经成为过去而难以挽回。

爱着不爱自己的人，本身便是没有回报的，不去计较对与错，这样会快乐些。

你要明白，没有在一起的，就是不对的人，对的人，你是不会失去他的。

爱一个人，对一个人好，本来就是一种能力。只是你们的相遇本身就是一场没有结局的错误，他的能力实在不愿意"浪费"在你的身上。

所以当他不爱你的时候，不要整天想着你们之间到底怎么了，拿什么拯救你们的爱情，因为你们之间的距离已经疏远到他站在你面前，却不知道你有多爱他。你站在他面前，却已经不敢说你爱他。

当失望将这份感情消磨殆尽，终于可以放下所有的不甘心和执着，重新开始属于自己的生活。

到后来，你才会发现，原来不喜欢他的时候，你比较快乐，你身边还有很多值得你爱的人，也在爱着你。

诚如张爱玲所说，不管你的条件有多差，总会有个人在爱你。不管你的条件有多好，也总有个人不爱你。对不爱你的人，要懂得放手，对爱你的人，要懂得感激，无须过于自卑，也不用过于自信。

所谓狮子座，就是正常的时候是只猫，不正常的时候是只哈士奇，可他自己从头到尾都觉得自己是**万兽之王**！

与其他 11 星座的关系

最欣赏的星座——射手

最信任的星座——天蝎

最佳工作搭档——处女

最容易被影响星座——金牛

最易掌握的星座——处女、天蝎、双子、双鱼

最需注意的星座——金牛、巨蟹、摩羯、天秤

100%协调星座——白羊、射手

90%协调星座——双子、天秤

80%协调星座——狮子

同类型星座——金牛、水瓶、天蝎

对宫星座——水瓶

注：对宫星座是指 180 度对面的那个星座，而非指对立、对抗的星座，更不是相克的星座；相反，是有潜在共通性、一致性的星座，或者说是最需要对方能量补济的星座。

大狮子总是以自己为圆心，以「我说啥都对」为半径画圆。

这个面积里，要是有人不服。

呵呵……

如何愉快地和狮子座玩耍

▶夸夸夸，拼命地夸他！

▶离开公众场合的狮子其实是猫，你要温柔地待他。

▶嘴硬心软，试着去懂他的口是心非和欲言又止。

▶给足他面子！

▶学会适当地服从，他会更加爱惜你。

▶因为永远不知道他的下一个雷点在哪里，一踩就爆炸，幸好很快就炸完了，所以不要生狮子座的气。

来 年 陌 生 的 ，
是 昨 日 最 亲 的 某 某

如果有一天你发现狮子座不理你了，不跟你说话了，路过你身边也当没看到你了，完全一副当你不存在的样子了，你不要以为他只是一时发脾气，这代表你在他的心里真的没有任何地位了。

狮子座从不会莫名其妙地冷落别人，当他对你冷漠的时候，你一定是做了越过他底线的事了。

　　你有没有试过回过头去看你和某人的聊天记录，从一开始到现在，看着看着就笑了，笑着笑着就哭了。一个人，从陌生到熟悉，然后再变成陌生。

　　就算，后来的他又坐在了你面前，但你会发现，其实你一直怀念的，是当年你们牵着手的回忆，而不是眼前这个时过境迁后的陌生人。

　　于是你终于体会到，这种和自己在乎的人慢慢变远、变淡、变陌生的过程，真的是发自内心的疼。

　　有多少人，从无话不谈到无话可谈；有多少缘，从一朝相逢到一夕离散。

　　缘分的深浅，总是忽近忽远；人心的冷暖，也总是一直变幻。

　　熟悉的陌生了，陌生的走远了。人在情在，人走茶就凉。

每一段爱情，都要有一个结局。或者是幸福美满，或者是痛苦遗憾；每一段感情，都会有一些波折。或者是互相伤害，或者是负气误会。

总之，我们每一个人都要品尝经历，然后感受刻骨铭心。

有的是取舍难分，有的是迫不得已，有的是由爱转成仇恨，有的是拂袖而去……

生命中，总会有一个最熟悉的陌生人，他曾经和你海誓山盟，生死相许，最后却擦肩而过。空留一番心酸怅然的回忆，想要忘记，却偏偏又把他想起。

曾经，你愿意做整个城市都颠覆时那个唯一走向他的人。然而此刻，一切的一切，此时此刻，都与你无关，也包括他。

也许有一天，他也曾为你回头过，只是你却早已不在那个路口。

于是你终于明白，总有一些人，想念在生命里，却消失在生活里。

如果有一天，你爱的人要离开你，请你不要留他，因为你知道他有他的理由。

如果有一天，你们擦肩而过，请你一定不要停住脚步，更不要转身去凝视他远去的背影，不对的人，就应该相忘于江湖。哪怕他是你这一生中，让你笑得最灿烂，哭得最透彻，想得最深切的那个人。

可是多数人不都会有这么一个忘不掉的人吗？今天陌生的，恰恰是昨天熟悉的。

有些事，明知是错的，也要去坚持，因为不甘心；有些人，明知是爱的，也要去放弃，因为没结局；有时候，明知没路了，却还在前行，因为习惯了。

总有一天，你还是会选择不再烦他，他的生活也将没有你每天的电话、留言、关心和小脾气。

时间和距离会慢慢地将两个人之间的空隙拉大，直到有一天，你们的世界不再重合。

但请你记住，没有不可治愈的伤痛，没有不能结束的沉沦，所有失去的，会以另一种方式归来。

最熟悉的东西，最易有陌生感。近在眼前的人，了解起来最难。从心理角度看，相处越久的两个人，越少了彼此了解的兴趣。于是就有了爱的盲区。

世上最遥远的人，或许就是离你最近的人。

有时候，有些人不须说再见，就已离开了；有时候，有些事不用开口也明白；有时候，有些路不走也会变长。

总望着曾经的快乐发呆，那些说好不分开的人却早已不在了。熟悉的，安静了，安静的，离开了，离开的，陌生了，陌生的，消失了，消失的，陌路了。

你还是你，我还是我，一样的陌生。

每个人心中都有一段心伤，一段曾经的过往，等痛过了以后，便懂得了放下。

光阴的流逝，不断模糊记忆中的一丝丝痕迹，曾经走不出的往事，是铭记着某些记忆，或某个人，某一段曾经的故事。

等有一天在转身的瞬间，悄悄地沉淀在心底，是因为只是曾经。

一辈子虽然漫长，但过去了也就是弹指一挥。你会不断地遇见一些人，也会不停地和一些人说再见，从陌生到熟悉，从熟悉再回到陌生，从志同道合到分道扬镳，从相见恨晚到不如不见⋯⋯

你要知道，不是每个人都会是你的伙伴，也不是每个朋友都能肝胆相照，烦恼皆无。因此缘到，报之以大笑，缘散，报之以不厌。

进 不 可 相 恋 ， 退 不 可 相 忘

狮子座对一般的异性，能滔滔不绝，侃侃而谈，对爱的人却口舌打结。

一旦点燃了爱火，狮子座往往采取略显浮夸的追求方式。虽然讲究派头，但实际上是以真诚的态度对待喜欢的人。

擅交际的狮子座希望以真面目和对方交往，但狮子座必须特别注意的是，不要被异性美丽的外表所迷惑，而丧失了对真爱的认知。不论是对自己或对对方，都应该保持冷静的头脑。

我们总是在错误的时间，错误的地点，
懵懵然就爱上那个人，
然后，不得不用尽一生，遗忘。

　　每个人都会碰到这样一个人，他完全不是你的菜，不符合你的择友条件，可是不知道为什么，你就是喜欢他。

　　哪怕最后无疾而终，他带给你的伤害大过于甜蜜，纵使有他在的时光你总是患得患失，自己都不像自己。但时过境迁之后，你和别人谈起他时，你只记得他的好。

　　在你懵懂不成熟时，曾有一个人，点缀了你的生命，而你由衷地感激，不由自主地怀念。

　　也许，在故事的最初，你曾怨恨过那个离开你的人。

　　你怨恨他，并不是因为你说分手时他没有挽留，并不是因为在那段时间里你们俩唯一的默契就是不联系。而是因为他给你的爱情，让你开始走上了一条荆棘路。而在那条路刚刚开始的时候，他就离开了你。

　　他留你一个人在黑暗里摸爬滚打，满身鲜血，而去管另外一个在阳光下晒着太阳，看起来有点寂寞的姑娘。

但是到后来，这种怨恨慢慢地被时间冲淡了。

因为你发现，每当你想要鼓起勇气恨他的时候，你就会想起他的笑容，想起他因为你关了一天机不知道你出了什么事的时候的担心，想起你生病了，他来看你的时候眼睛里隐忍的泪水，想起他替你解的那些围，想起他给过你的无数的温暖。

你原来以为你已经忘记了。可实际上它们从来没有消失过，它们在你的心里，慢慢地抵消着你认为的那些了不起的怨恨。

这些曾经美好的事情，甚至让你觉得：被他喜欢过，就很难觉得别人有那么喜欢你。

所以他最"可恶"的是在这里：明明都要离开你的生命了，明明都要跟你永远地说再见了，明明都说不要再打扰你的生活了，可是却影响你一个又一个决定和判断。让你一个人，抱着宁缺毋滥的心态过了这么久。

可是对于他，你还是心存感激。你谢谢他曾经喜欢过你，感谢他在那些日子温暖过你。虽然他拿走了很多，但你还是想说"谢谢"。

爱一个人，总难免赔上眼泪；被一个人爱着，也总会赚到他的眼泪。爱与被爱的时候，又有谁不曾在孤单漫长的夜晚偷偷饮泣？

我们一再问自己，爱是什么啊？为什么要爱上一个让我掉眼泪而不是一个为我擦眼泪的人？他甚至不知道我在流泪。

可是你要知道，你歇斯底里的挣扎背后无非是不甘心，爱情不是一纸公平的契约，有时候，我们注定是某个人的过路客，顽强抗争也无法改写不能到白头的结局。

曾经相爱，你们笑过，痛过，得到了许多也失去很多，才成了今天的你。

曾经，你们彼此相爱，彼此伤害，如今分开，你也只愿记得他的好，其实你这是在放过自己，也是保护自己。

不愿再牵手，你就放开手。文明地离开，成全的姿态不是怯懦，在一起的时候相互温暖，想结束的时候不再强求，不是为了让他回忆，是你对深爱过这件事的温柔。

不勉强，不挽留，留下背影迈着脚步离开他视线停留的地方，是对曾经爱过最后的致敬。

每一段感情曾经犯下的错，都会希望在下一个人身上寻求救赎，所以往往他教会了你珍惜，你却以之相伴他人，你教会了他爱情，他却与另一个人共度余生，这就是成长，没有公不公平，无须心怀不甘，每个人都一样。

并不一定每一个相遇都是久别重逢。但若珍惜，请把每一个久别重逢，都当作初识的相遇。

有一天，你会感谢他的离去，是他的离去给你腾出了幸福的空间。

狮子座内心独白

我问你意见,完全是出于礼貌,反正你说什么, 我也不会听你的。不需要鼻子,就能上脸,谢谢。

如果我跟你说,别给我打电话,而你真的不打,那你就死定了。

我用不着你跟我讲道理,我只需要你,不分青红皂白地站在我这边。

我的东西你不许碰,我的人你离远点儿!

我说的就是对的,就算你说的没错,我说的也是对的,就是这样!

你 随 便 地 一 说 ，
我 却 认 真 地 难 过

若是不被爱了，狮子座马上就变成了"伪装高手"，
他会用不在乎、无所谓来掩饰"非常在乎"。明明
拿不起、放不下，却硬要假装，结果苦了自己。

看似乐观开朗的狮子，一点都不擅长表达自己的悲
伤，他也不想毁掉多年建立的乐观形象。所以狮子
座总是在暗夜里摘下假面时，才独自面对忧郁，认
真地难过。

太爱一个人，你会太在乎他跟谁一起，心里是否有你；太爱一个人，会被他牵着鼻子走，完全不能自已。以至于别人随便的一句话，你都会认真难过好久。

太爱一个人，会无原则地忍受他，他会慢慢习惯被你纵容；太爱一个人，他会习惯你对他的好，而忘了自己也应该付出。以至于他无心的一个关怀，你就会欢欣雀跃很长时间。

所以，爱一个人不要爱十分，八分已足够，剩下的两分爱自己。

背叛伤害不了你，能伤你的，是你太在乎。分手伤害不了你，能伤你的，是回忆。无疾而终的恋情伤害不了你，能伤你的，是希望。

你总以为是感情伤害了你，其实伤到你的人，永远是自己。

慢慢地才知道，太在乎别人了，往往会忽略了自己的感受。

为什么要那么痛苦地忘记一个人，时间自然会使你忘记，如果时间不可以让你忘记不应该记住的人，我们失去的岁月又有什么意义？

当时间过去，我们忘记了我们曾经义无反顾地爱过一个人，忘记了他的温柔，忘记了他为你做的一切，你对他再没有感觉，你不再爱他了。

为什么会这样，原来你们的爱情败给了岁月。首先是爱情让你忘记时间，然后是时间使你忘记爱情。

思念一个人，不必天天见，不必互相拥有或相互毁灭，不是朝思暮想，而是一天总想起他几次。听不到他的声音时，会担心他。一个人在外地时，会想念和他一起的时光。

原来，不被人珍视的爱情，就只是含笑饮毒酒。

感情并不等于爱情。两个人有感情，很可能只是因为时间久了而建立起来的默契，有可能是有共同爱好的兴趣，也有可能只是友谊和亲情。但爱情却复杂多了，爱情会嫉妒，会伤痛，会喜悦。

千万不要因为跟人有感情就轻易说爱，爱情是一种全心全意的付出。

太在乎，爱会在最深时落幕。别担心，心会在最痛时醒悟。你终于明白，世上没有未完的事，只有未死的心。

愿你能做一个诚实的孩子。喜欢一个人，不到一定程度，不要轻易去说喜欢。因为你的一句轻浮的话，很可能悲伤另一个人一段时光。有时，甚至是一生。

如果没有很大把握，又或者没有坚定的信念，请不要说太长久的承诺。

相爱时叫承诺，不爱的时候呢？不就是谎言吗？

爱情结束后，请选择"沉默"。

你可以喊两三个最好的朋友去唱歌，使劲吼，就去唱那首"其实不想走，其实我想留"，然后在某个时间点突然间号啕大哭。

不要在爱情结束后，把那个你曾经爱过的人到处指责，把他说得一无是处。

没必要的，既然留不住心，不如留下那份感情的纯洁度，蒙了尘，也就减损了回忆的价值。

你以为不可失去的人，原来并非不可失去，你流干了眼泪，自有另一个人逗你欢笑，你伤心欲绝，然后发现不爱你的人，根本不值得你为之伤心，今天回首，何尝不是一个喜剧？

情尽时，自有另一番新境界，所有的悲哀也不过是历史。

每一个人都在追求幸福，可是我们却不知道，有时候幸福也可以如此简单。

要记住，不要让自己太敏感，也不要过分地在乎。只要凡事报以平常心，不抱怨，不嫉恨，不懈怠，不冷漠，幸福才有所依附。

没人在乎你怎样在深夜痛哭，也没人在乎你辗转反侧得要熬几个秋。外人只看结果，自己独撑过程。

等我们都明白了这个道理，便不会再在人前矫情，四处诉说以求宽慰。

狮子宝宝

大字报

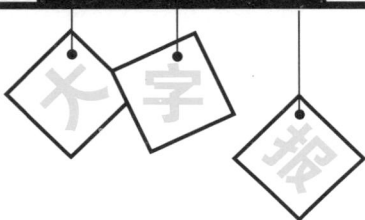

内心总是有一股莫名其妙又十分脆弱的热情和冲动。

自信但不自负，爱面子、爱虚荣。

白天刀枪不入，夜晚泪流成河。
白天是万兽之王，晚上是 Hello Kitty。
知道自己哪里好，知道自己哪里不好，
不喜欢别人来评价。

脾气来得快，去得快。开心的时候就"哈哈"
地乐，不开心就过一会儿再"哈哈"地乐。

脾气最坏，心最软；遇强则强，不会逃避。

可以护你一世周全，
也可以虐你满地找牙。

成熟与天真的集合体。
陌生人前是高冷狮子王，
熟悉人那里就是"神经猫"。

喜欢一个人时表现得很明显，
讨厌一个人时表现得更明显。
伪装不了，也不屑于伪装。

不会道歉，但往往是先服软的那个。

还要看错多少人，
才能遇到对的人

狮子座就算道歉也得有一套属于自己的玩法。

道歉前，他会先通知你一声："我和你说，我从来不跟任何人道歉，除了你，只有你。"

快道歉了，他要看你态度如何，仿佛在质问你："你能不能好好地跪下来听我道歉呢？"

道歉结束后，他还要看你的态度，就像在说："我都道歉了，你还想怎样啊？"

也许你到现在也不知道自己到底有没有爱过一个人，但你知道，那时候的眼泪是真的，心酸是真的，想和一个人在一起一辈子也是真的。

也许你也曾为了忘掉一个人而不懈努力过，努力去忘记他陪你走过的十字街角，忘记他曾经为你的倾城一笑，忘记他对你独一无二的好。

就这样，那个你曾想要一辈子的人，不知道怎么就突然陌生了；那个温柔得让你难忘的人，不知道怎么就突然遗忘了。

可是你心中的疑惑却并未因此消失，就算你还在奔赴爱情的路上，还在为了下一段感情而掏心掏肺。可是你爱到怕了，爱得没有了勇气和恒心。

因为你不知道，这个人，会不会是又一次的错过。

但请你记住，你遇见的每一个人，你经历的每一次被辜负，都会在你一生中的某个时候派上用场。

爱可以是一瞬间的事情，也可以是一辈子的事情。很多人，因为寂寞而错爱了一人，但更多的人，因为错爱一人，而寂寞一生。

很多时候，你想爱一个人，却发现自己根本不可以爱他；很多时候，你想忘了一个人，却发现他早已嵌入了你的生命里。

你要记得，你的心很小，不要装下太多忧伤。

正如故乡是用来怀念的，青春就是用来追忆的，当你怀揣着它时，它一文不值，只有将它耗尽后，再回过头看，一切才有了意义。爱过我们的人和伤害过我们的人，都是我们青春存在的意义。

别爱得太苦，两个错的人分手，也许能创造四个人的幸福。

到了一定年龄，你便要学会寡言，每一句话都要有用，有重量。喜怒不形于色，大事淡然，有自己的底线。

如果你哭，你只能一个人哭，没有人在意你的懦弱，只有慢慢地选择坚强。如果你笑，全世界都会陪着你笑，你给世界一缕阳光，世界还你一个春天。

很多时候，我们都是在寂寞中行走，不要期望他人来解读你的心灵，认同你的思想。

要知道，你只是行走在世界的路上，而世界却给了你全部天空。

有时候，禁锢我们的，不是环境设下的牢笼，也不是他人施与的压力，而是我们自己将自己囚禁：看不开尘缘聚散，看不开诸事成败，把自己局限在狭隘的空间里；忘不了过往的爱恨情仇，把自己尘封在记忆里；放不下身外千般烦忧，放不下心头万般纠结。

结果，在无端中迷失了自我。

寂寞是听到某个熟悉的名字，不小心想起某些故事。可是你要知道，有些人，有些事，与我们无缘的，必须要懂得放弃。我们无须带着昨天的包袱，走进明天的门槛里。

有时，爱情不需要多么浪漫的修饰，只须简单就足以让人幸福到心花怒放。

别再为错过了什么而懊悔。你错过了人和事，别人才有机会遇见；别人错过了，你才有机会拥有。人人都会错过，人人都曾经错过，真正属于你的，永远不会错过。

亲爱的，当你全心全意为一个人付出时，这人往往会背叛你。因为你已经全然付出，而毫无新鲜感和利用价值。人性是极可恶的东西，它对得到的往往不珍惜。

所以，当你被人伤害、被人放弃的时候，首先想想，是不是自己付出得太多了，会不会是你把自己放得太低了。

亲爱的，如果你想要别人珍惜你，首先要自己疼自己。

因为，高贵的才珍贵。

年轻就是这样，有错过有遗憾，最后才会学着珍惜。

你要记住，爱情是一百年的孤独，直到遇上那个矢志不渝的守护你的人，那一刻，所有苦涩的孤独，都有了归途。

第四辑

你只有非常努力，才会看起来毫不费力

狮子座是十二星座中最有野心的星座之一，也是最富有王者气质的星座。从很小的时候起，狮子座就开始立志要做"人上人"，觉得自己天生就应该是在集体当中扮演"领导者"的角色。而实际上也是如此，每一个狮子座心目中都藏着一个梦想，那个梦想需要他们一生去努力，所以他们很少在意不起眼的小事。狮子座并不会四处显摆自己的野心，但是当最终他们实现自己梦想的时候，周围的人才开始意识到：狮子座的确有着非凡的气魄和胸襟。

狮子座不喜欢玩手段、耍心计，这是因为他们心地善良。他们希望通过自身的努力来达到既定的目标，不喜欢旁门左道。同样的，真正能够让狮子座人佩服的人，必定是靠自己的努力站到顶峰的人。

万 事 俱 备 ， 东 风 就 来 了

狮子座只要确定了目标，他们就会意识到自己的命运、成败都是掌握在自己手中，然而狮子座也喜欢完美，所以他会在自己的理想中设定一个偶像或目标，然后努力，再努力！

当狮子座朝着自己的目标奋斗的时候，他是不会在意路途中的酸甜苦辣的。因为他十分想要成功后的喜悦，所以困难就显得无所谓了。这也是大多数狮子座都很成功的原因。

我想一辈子都活在骄傲里

当你下定决心准备出发时，
最困难的时刻就已经过去了。
那么，出发吧！

万事俱备，东风就来了，这叫机遇；东风来了，毫无准备，这叫遗憾。

有眼光的人，总能从一些现象中捕捉到未来的可能性。

人生的很多失败，不是你没做好，而是做慢了。

你要记住，只有当你足够尽力了，你才有资格说自己的运气不好。

如果你要做一件事，请不要炫耀，也不要宣扬，只管安安静静地去做。因为那是你自己的事，别人不知道你的情况，也不可能帮你实现梦想。

千万不要因为虚荣心而炫耀。也不要因为别人的一句评价而放弃自己的梦想。

其实最好的状态是：坚持自己的梦想，听听前辈的建议，少错几步。值不值，时间是最好的证明。

你身处什么样的圈子，你就会遇到什么样的人；你结交了哪些朋友，你脾性也会慢慢接近这样的人；你处在什么位置，站在什么高度，决定了你是怎么样的视野。

内心有多大的格局，你就可以看到多大的天空。

你没有碰到你期望的人，是因为你还没有准备好你自己。

也许你会问，机会为什么总是青睐有准备的人？

实际上，机会青睐每个人，没有准备的人都会错过机会，有准备的人才能抓住机会。

我们看到的机会，都被有准备的人抓住了。而如果你觉得你错过了什么，那不是你运气差，是你不曾为"做好准备"而付出。

绝大多数人，绝大多数时候，都只能靠自己。没什么家庭背景，没遇到什么贵人，也没读什么好学校，这些都没有关系。

关键是，你决心要走哪条路，想成为什么样的人，准备怎样改变自己的惰性。

向前走，相信梦想并坚持。只有这样，你才有机会自我证明，找到你想要的尊严和荣誉。

每天都给自己一句鼓励，每天都制定一个必须达到的目标，每天减少一些无谓的抱怨，生活就会充实一些，与梦想的距离也就更近一些。

没有任何事物是偶然发生的，每一件事物发生都有其必然性，因此当命运来敲你家大门时，抱怨也没有用。

如果非得抱怨，那么请你每抱怨完一件事之后，也能顺手感谢一件事，这样，日子可能会好过一点。

抱怨是一种毒药。它摧毁你的意志，降低你的身价，摧残你的身心，削减你的热情。抱怨命运不如改变命运，抱怨生活不如改善生活，毕竟抱怨并不能解决问题。

任何不顺心都是一种修炼，进锅炉的都是矿石，出来的却分矿渣和金属。

凡事你要多找方法，少找借口，因为强者不是没有眼泪，而是含着眼泪在奔跑。

一个人经历得越多，他会思考得越多。越是优秀越是努力，优秀的人总能看到比自己更好的，而平庸的人总能看到比自己更差的。

真的努力以后，你会发现自己要比想象的优秀很多。

人生有两大幸运，一是做自己喜欢做的事，二是和自己喜欢的人在一起。实现这两大愿望，一部分靠努力，一部分靠运气。但是运气再好的人，自己不努力，好运也会渐渐走远；运气再不好的人，只要够努力，总有一天也会打动幸运女神。

真正左右人生的看似是运气，但只有努力了的人才知道，自己不会只是靠运气。

你要知道，要成功，聪明、努力、经验和运气缺一不可。运气往往偏爱最努力的人，而不是最聪明的人。

所以说，越努力，越幸运。真的没有所谓的运气，运气不好只是实力不够罢了。

所以，越是运气不好，越要沉住气默默振作，静静熬过去，切勿扰攘，制造笑柄，留下后患。

努力让自己的肩膀更坚强，才有资格去说你想要的美好将来，去见你想爱的人，然后对全世界说，"我准备好好运气从天而降了"。

你 只 有 非 常 努 力，
才 会 看 起 来 毫 不 费 力

有野心的狮子座会选择留在有竞争力的地方，然后通过自己不懈的坚持和努力，为自己的成功加冕。

一方面，奋斗能让狮子座的自尊心得到强烈的满足，另一方面，在有竞争力的地方，可以最大限度地实现狮子座的梦想。

对狮子座而言，努力奋斗才会让自己更有价值。

也许我们都曾在奋斗努力的时候迷茫，觉得自己永远比不上别人，觉得自己的努力总是白费。

但请相信：所有看起来不费力气的人，背后一定付出了加倍的努力。所以你觉得幸运的那个人，是因为他有实力把握这份运气。

你的脸上云淡风轻，谁也不知道你的牙关咬得有多紧。你走路带着风，谁也不知道你膝盖上仍有曾摔伤的淤青。你笑得没心没肺，没人知道你哭起来只能无声落泪。

他们只看到你中午才起，却不知道你天亮才睡；他们嘲笑你痴人说梦，却看不到你背后决心；他们看到你荣华围绕，却看不到你辛酸努力；他们觉得你嘻嘻哈哈没心没肺，却不知道你夜晚难过伤心……

记住，可以哭，可以恨，但是不可以不坚强努力。因为，你只有非常努力，才会看起来毫不费力。

第一眼就看上的衣服往往你买不起，第一眼就心动的人往往他不会喜欢你。你真正喜欢想要的，没有一样是可以轻易得到的。这就是努力的理由。

多数的错失，是因为不坚持，不努力，不挽留，然后催眠自己说一切都是命运。

改变自己不容易，即使是你明知道不好的毛病。说要改，但没行动力，久之成了惯性，说过的话便成了说说而已。

羡慕只有配上行动力才有意义，想遇到想象中的人，就得让自己接近想象中的自己；想拥有不曾有过的生活，就得做以前不曾做过的事；想过上让自己满意的日子，就得付出与之相符的努力。

所以，你要每天按计划行事，有条不紊；你不张扬，把自己当成最卑微的小草，等待着人生开出花朵的那天。

你坚持早晨5点多起来健身，而别人还在

睡觉；你7点开始享受丰盛的早餐，蛋白质维生素淀粉粗纤维样样俱全，为新的一天起了一个好头，当你收拾妥当，准备开始一整天的新生活时，别人还在睡觉。

你用上午的高效时间完成了很多任务，甚至发现了学习的乐趣，工作的兴趣，还发现了有可能给人生带来改观的机遇。

你的午餐不铺张浪费，却营养全面，你有选择性地进食，因为清楚地知道自己想要的是什么。

晚上回到家里，你或许去满满的书架上拿下了一本书，或许拿起了心爱的乐器打算练练手，或许又在进修崭新的学科。

睡之前你会想一想，自己在这一天都做了什么，有什么收获，又有什么教训。

最后，你又重新提醒了一下自己那个埋在内心深处的梦想，然后满意地睡去了。

你最懂得努力的意义。所以你用人生最好的年华做抵押，去担保一个说出来都会被人嘲笑的梦想。哪怕这个岁月的寒冬难过难熬，深夜漆黑，但你却觉得前路漫漫，未来可期，所有的梦都做得晴朗透亮。

这好像也是唯一的一次，让你觉得原本灰暗促狭的心被希望照亮充盈，一整个壮阔的世界都等待着你迫不及待地去检阅。

当然，需要提醒你的还有，当你已经觉得自己非常努力时，须明白一个不幸的事实，那就是不管你多努力，一定有人比你更努力。

所以，你要随时检讨自己努力的方向是否正确，你要知道，越在错误的道路上努力，结果只会越悲催。

另外，当你努力了却没有达到目标时，千万不要和那些毫不努力却也看上去混得不错的人比，因为这只会让自己放弃努力，然后空叹时运不济。

你看，在你为了变得更好、更强大的路上，其实没人在乎你曾受过多大的委屈，没人在乎你在多少个深夜痛哭过，不会有人在意你的梦想，但是，当你努力撑过，你就会变成与众不同的那个人。

混下去很容易，
混上去很难

狮子座非常果敢，有着常人没有的胆略。为人襟怀坦白，热情洋溢。他们的思想中经常闪烁着英雄主义和理想主义的火花。

狮子座大多具有宏伟的志向，坚忍不拔的毅力，所向披靡的竞争力。所以说，他们绝不会放弃任何一个可以展现光芒的机会。

对于狮子座而言，你本是天生的王者，怎可选择安逸？

当你周围都是米的时候，你很安逸；当有一天米缸见底，才发现想跳出去已无能为力。

有一种陷阱，名叫安逸。别在最能吃苦的年纪选择安逸。

你要记住，没有危机是最大的危机。当你不上进的时候，危机便开始吞噬你的理想和灵魂，你看，混下去多么容易，混上去就太难了。

已经有太多人耗尽一生，就为了诠释平淡无奇的意义。也有人拼尽全力，用自己的奋斗演绎了一个个绝地反击的传奇。

安分守己的人生，不见得有多美满幸福，如果在生命的尽头，你都不知道此生为何而来，这才是最大的悲剧。

生命是自己的，生活也是自己的。别人只能给你他们认为对你好的建议，却未必真正适合你。你必须知道自己想要的是什么，而不要被别人的想法控制。

都说世事多变，易变的岂止是世界，还有你自己。

此刻喜欢的事，以后也许会厌烦。生命那么长，谁也没办法保证一生只做好一件事，只钟爱一个人。

没有什么事情，可以让你依赖，只有让自己真正地强大和独立起来，用自己的努力去为未来的风险投资，才是件万全的事，才能让你获得真正的安全感。

你只有用尽全力做好自己，坚持做好自己应该做的事，以及喜欢做的事，勿忘初心，坚持成长。总有一天，你会成为自己想要成为的样子。

什么叫吃苦？当你抱怨自己已经很辛苦的时候，请看看那些透支着体力却依旧食不果腹的劳动者。

在办公室里整整资料能算吃苦？在有空调的写字楼里敲敲键盘算是吃苦？认真地看看书，学学习，算吃苦？

如果你为人生画出了一条很浅的吃苦底线，就请不要妄图跨越深邃的幸福极限。

当你看了《杜拉拉升职记》，你觉得外企真好，可以出入高档写字楼，说着让人听不懂的英语，拿着让人眼红的薪水。

当你看了《亲密敌人》，你觉得投行男好帅，开着凯迪拉克，漫步澳大利亚的海滩，随手签着几百万的合同。

别人成功地取得了让人望尘莫及的荣耀，只因为他是一个懂得吃苦的人，能够承担得起那种厚重的魅力。

他辛勤工作的身影，他随时洋溢的才华，他的一切禁得起岁月的推敲。

那么，你呢？亲爱的朋友，如果老天善待你，给了你优越的生活，请不要收敛了自己的斗志；如果老天对你百般设障，更请不要磨灭了对自己的信心和向前奋斗的勇气。

当你想要放弃了，一定要想想那些睡得比你晚、起得比你早、跑得比你卖力、天赋还比你高的人，他们早已在晨光中跑向那个你永远只能眺望的远方。

在你经历过风吹雨打之后，也许会伤痕累累，但是当雨后的第一缕阳光投射到你那苍白、憔悴的脸庞时，你应该欣喜若狂，并不是因为阳光的温暖，而是在苦了心志，劳了筋骨，饿了体肤之后，你依然站立在前进的路上，执着地做着坚韧上进的自己。

其实你现在在哪里，并不是那么重要。只要你有一颗永远向上的心，你终究会找到那个属于你自己的方向。

当你不去旅行，不去冒险，不去拼一份奖学金，不过没试过的生活，整天挂着 QQ，刷着微博，逛着淘宝，玩着网游——干着 80 岁都能做的事，你要青春干吗？

所以，请不要在最能吃苦的时候选择安逸，没有人的青春是在红地毯上走过，既然梦想成为那个别人无法企及的自我，就应该选择一条属于自己的道路，为了到达终点，付出别人无法企及的努力。

不 必 仰 望 别 人，
自 己 就 是 风 景

狮子座的关键词就是"自信"，但狮子座的自信是
双面的。

一方面，狮子座容易给人自信洋溢，甚至过分自信
的印象；另一方面，他也有缺乏自信的缺点。这其
实并不矛盾，因为一个人有多大的自信，就有多大
的自卑。

狮子座之所以喜欢在众人面前表现自己，是由于急
于需要别人的肯定，也就是说，他缺乏对自己的信
心，才需要别人不断给予自己正面评价。但实际
上，狮子座已经很优秀了，他无须别人证明。

你不能是一只橙子，
把自己榨干了汁就被人扔掉。
你该是一棵果树，
春华秋实，年年繁茂。

不属于自己的，又何必拼了命地去在乎？与自己无关的人和物，又何必卑微地去仰望？其实自己，就是风景。

一个人过得很好的表现之一，就是不再需要向别人证明你过得很好。

没有人说晚安，就自己跟自己说；没有人送早餐，就自己给自己做；没有人嘘寒问暖，就自己关注晴雨气温；没有人约，就自己计划一个充实的周末。

老盯着端在手中的水反而会洒，老想着摆脱单身反而欲速则不达。怎么都不会错的事情就是努力让自己更精彩，你若盛开，清风自来。

饿了不要撒娇，买东西回家自己煮；迷路了不要卖萌，掏手机自己看地图；喜欢了就主动，不要只会等着做候补；难过了不要柔弱，笑着转身然后背着他偷偷哭。

你一个人可能不容易，但一个人会越来越坚强，越来越优秀，因为没什么东西能将你轻易打倒。

别再把沮丧挂在脸上，别再把忧伤写在心里，别再把自责天天重复，别再把一些小小的缺点盲目地放大。

换一个角度，换一种心态，你有没有发现，其实你已经很优秀！

如果你的眼前是一片黑暗，不要害怕，那是因为你自己在发光。

你所遇到的人都是对的人，你所经历的事都是注定的事。不受点伤，怎么知道你的内心有多强大。

人性中最坚不可摧的一部分，永远和爱有关，和自己的心灵有关。

当你长大，慢慢就会知道，有些人不必理会，无论他说什么做什么，多么幼稚或多么讨厌，真的可以不需要在乎。

有些人永远成不了你的敌人，不必抬举他，这种人太看得起自己了，以为拼命攻击你、伤害你，就能够被你所恨。其实，只不过是自欺欺人罢了。

每个人，都有自己的了不起。你的优秀，不需要任何人来证明。

也许有的时候很努力了也达不到预计的效果，也许有的时候怎么做也做不好，也许无数眼泪在夜晚尝了又尝，也许很多事情不是我们可以掌握的，不过没关系。

生命必须有裂缝，阳光才能照得进来。

有些事，你把它藏到心里，也许还更好，等时间长了，也就变成了故事。

即使生活再艰难，也要坚持下去。相信明天不会比今天更坏，如果还能再坏，那今天的糟糕就不算什么。

人生没有彩排，活好现在。做一朵自然的花，该开放的时候尽情地开放，绽放出最美丽的颜色。不必忧心忡忡落花时的悲凉，花落之后，自然会结出殷实的果子。

今天你所受的伤，只会让你明天更坚强。无论成败得失，只要你走的每一步，都是认真的、仔细的、有意义的，那么你就是胜者。

等你有天出远门会记得带伞，不再把自己狠狠留在雨里；等你有天能控制自己的眼泪，知道把委屈憋回心底；等你有天知道怎样爱自己，等你开始慢慢变成独立的个体，而不是把生活侥幸地寄托在别人身上。

大概，这就是成熟吧。

当你相信自己的了不起的时候，你就会发现，即便是深深地爱上一个人，他也不会成为你的全世界，而是因为自己爱他，而得到了一个新的世界。

披头散发宅在家里的是你，糊里糊涂带错书本的是你，遇到心仪的人会扭捏的是你，失恋后哭得鼻涕眼泪一把抓的是你……但是，不管你是如何优秀或如何糟糕，你都只是那个最真实的自己，世上独一无二的你。

努 力 奋 斗 ，
为 了 报 复 此 刻 的 一 无 所 有

狮子座自尊心很强，强过金钱、事业，也强过爱情；狮子座知道什么是知恩图报，你对他们仁，他们就对你义。

狮子座的内心是骄傲的，他们自认为身上有高于常人的种种优点，并且觉得这是非常显而易见的、客观存在的事情。由于他们并不隐藏对自己的肯定和欣赏，所以容易给他人以自我为中心的印象。

狮子们的优点是，他不畏惧承认其他强者的存在，这会成为他努力奋斗的动力。

有很多时候，别人展示自己游玩过多少个地方，展示自己的生活过得多么优越，日子过得多么滋润，然后你默默低头沉思着，想着自己现在所过的生活的烦恼，不喜欢现在的生活，讨厌现在的一切。

但是你忘记了，很多时候别人都是把自己美好的一面展现出来的，所以你看到的只是美好那面，而另外一面说不定不是美好，可能藏匿着你看不见的各种悲伤辛苦。

过自己想要的生活，上帝会让你付出代价。

照顾好自己，爱自己才能爱好别人。如果你压抑，痛苦，忧伤，不自由，又怎么可能在心里腾出温暖的房间，让重要的人住在里面。

如果一颗心千疮百孔，住在里面的人就会被雨水打湿。

你想要旅行，可以，但是请先有资本；你想要辞职，可以，但是请先有资本。

如果你暂时没有资本，请撕掉虚荣，放下浮躁，在当下努力，为自己想要的累积资本。

你想要买到百元的东西，那么你就得付出同等努力。你想要得到成千上万的东西，那么你的付出更要与你想要的成正比。

不要总说老天亏待了你，你所面对的挫折、磨难、伤痛都是老天在考验你，看你是否配得起它将来要给你的幸福。如果你想过人上人的生活，就要接受面对各种挫折。

如果你羡慕别人安稳的日子，羡慕别人的一切，但你不为自己想要的生活而努力，那么你永远都只有抱怨的命，好的机会永远都轮不到你。

如果你努力了，那么你就多了一次机会，也减少了坏运气的概率。因为你强大后，就会遇见和自己一个圈子的人，也会得到很多机会。

·

时间决定你会在生命中遇见谁，你的心决定你想要谁出现在你的生命里，而你的努力决定最后什么能留下。

别总是悲观地看待问题，追求理想的时候就不要想下半生会如何，追求物质的时候，就请暂时"委屈"一下自己的个性。

我们都是普通人，一生做好一件事就很了不起了，什么都要，什么都得不到。

当最绝望的时候来临时，你还是有选择的机会，你可以选择变得浮躁，也可以选择想办法改变现状。

我们可以选择互相鼓励尝试走出困境，也可以选择一起抱怨摧毁旁人的希望让大家一起毁灭。

年轻的我们要明白，因为年轻，我们必须为生活和事业进行各种折腾，并且没资格堕落。打一场漂亮的战争，成为有出息的人，就是你折腾的目的。

别为一时的不得志而沮丧，要相信自己，相信我们和别人是不一样的，我们一定能行！

如果你想好了你想要的，就要心定，安心做好自己身边的事情。做什么并没有太大关系，关键是尽力和做好。

如果你想要改变现在的境遇，那么你光想

是不够的。不努力，不行动，总以消极抱怨的态度对待生活，那么生活永远都是不公平的，你永远都适应不了快节奏的生活。

生活不会平白无故就给你想要的，你想要过喜欢的生活，就得去争取，去耕耘。如果你觉得自己贫穷，那么就去努力学习，努力工作挣钱。

有时候你不喜欢现在的生活、现在的圈子，那你为什么不让自己努力，然后跳出现在的圈子或生活，去过自己喜欢的生活？

你努力奋斗最重要的理由，就是要过上自己想要的生活，有说走就走的旅行资本。

所以，如果你正为自己想要的生活而努力奋斗着，那么请继续坚持。别害怕追梦过程中的孤独寂寞，因为追梦的过程就像是一场马拉松，最终能坚持到终点的人寥寥无几。

请你相信，你现在的忙碌辛苦，值得换来日后的欢喜踏实。

不要活在别人的嘴里，
不要活在别人的眼里

狮子座有着坚强的毅力，认为自己想要的东西只要努力就一定可以得到。有强烈的企图心，不会理会周遭人的目光，这也是狮子座常常受人指责和嫉妒的原因之一。

狮子座活得很清醒，虽然有时候会大张旗鼓地把自己夸上天，但是内里还是很低调的，不太爱诉说自己的苦与悲，能消化很多不好的情绪，所以狮子向来都是越活越强大的那种类型。

別人再好，关我什么事；
我再不好，关别人什么事。

在人生的旅途中，大家都在忙着认识各种人，以为这是在丰富生命。可最有价值的遇见，是在某一瞬间，重遇了自己，那一刻你才会懂：走遍世界，也不过是为了找到一条走回内心的路。

有的路，是用脚去走，有的路，却是用心去走。走好已选择的路，别选择好走的路，才能拥有真正的自己。相遇靠缘分，相守靠人心，相知则是天时、地利、人和的巧合。

你会迷茫，是因为你选择活在别人嘴里和眼里。

你因为在意别人眼中的自己，而迎合别人的期望，去盲目追求一些自己并不感兴趣的东西，从而越来越感到迷茫，失去了自我真正的想法。

你要记住，不怕在自己的梦想里跌倒，只怕在别人的奇迹中迷路。只做自己梦想的主人，不做别人奇迹的听众。

你的时间有限，所以不要为别人而活。不要被教条所限，不要活在别人的观念里。不要让别人的意见左右自己内心的声音。

最重要的是，勇敢地去追随自己的心灵和直觉，只有自己的心灵和直觉才知道你自己的真实想法，其他一切都是次要。

为什么需要旁人理解？旁人不知内情，又持有什么立场来评断或干涉？一个人忠于自我就是诚实，我们并非演戏给外界评价。

不要为别人的想法，改变自己的生活方式，不要因为别人的看法，让自己盲目服从。记住，你活在自己的世界里，而不是别人的言语里。

有时候，同样的一件事情，我们可以去安慰别人，却说服不了自己。

实际上，无论是情感、学业、事业还是生活，现实与梦想的落差，欢笑与眼泪的糅合，幸福又感伤，这一切的交融才构成了一段完整的人生历程。

不要总是被外人的言语所左右，我们只要明白自己是怎样一个人，该做怎样的事就好。

身份，权势，金钱，能令人获得敬畏，羡慕。但唯独尊重，需要实力去取得。

旁人不尊重你，你认为那是旁人没有教养，而事实上，只是在对方眼里，你并不值得尊重而已。你要知道，尊重也是需要努力换得的，但从另一方面来水，获得尊重从来都不该是努力的目的。

请你担负起对自己的责任来，不仅是活着就算了，更要活得热烈而起劲，不要懦弱，更不要别人太多的指引。

有时候，你放弃了某个人，不是因为你不再在乎，而是因为你意识到他不在乎了；有时候，你必须跌到你从未经历的谷底，才能再次站在你从未到达的高峰。

因为你有独立的、自在的灵魂，所以承受得起别离和失败，也享受得起成功和荣誉。

没有特别幸运，那么请先特别努力。越幸运就得越努力，越懒惰就越倒霉，别人看到的是你累，最后轻松的是你自己。

努力和收获，都是自己的，与他人无关。

无论多忙多累，你依旧可以快乐地笑，因为你从未停止前进的脚步。

如果你感到此时的自己很辛苦，那就告诉自己：容易走的都是下坡路；坚持住，因为你正在走上坡路，走过去，你就一定会有进步！

如果你正在埋怨命运不眷顾，那就去开导自己：命，是失败者的借口；运，是成功者的谦词，命运从来都是掌握在自己的手中！

你看，真正不羁的灵魂不会真的去计较什么，因为他们的内心深处有国王般的骄傲。

人就是这样，越是没有实力，就越爱说大话。世界上只有没有实力的人，才整天希望别人赞赏。

每个人都睁着眼睛，但不等于每个人都在看世界，许多人几乎不用自己的眼睛看，他们只听别人说，他们看到的世界永远是别人说的样子。希望你，不是这样的人。

当你的才华撑不起野心时，
你应该静下心来学习

狮子座本来是一个自信的星座，一旦遇到比自己优秀的人，就会很妒忌，而且内心很容易产生自卑情结。

狮子座性格偏执，天性要强，常常容不得自己落后于其他人。

狮子座嫉妒心强烈的原因，还与狮子座爱面子有关，可喜的是他的报复心不明显，而且嫉妒心还可能成为狮子座努力奋斗的动力。

也许你有时候会觉得累，因为来自学习的、感情的、生活的困扰，但这些并非命运对你过于刻薄，而是你太容易被外界的氛围所感染，被他人的情绪所左右，被别人的优秀所影响。

你要明白，嫉妒是一把刀，最后不是插在别人身上，就是插进自己心里。

看到自己的同学或者其他熟人干得风生水起，就有些心不定了。就像长跑比赛，一开始大家都疯狂跑出去，就你一个人慢吞吞的，就算你不想拿名次，心里也会觉得别扭。

但如果总是被外界环境或者别人的意思所左右的话，你会疲于奔命的。

嫉妒是一种愤怒，对别人拥有而自己没有的东西的一种愤怒。

这种愤怒终会卑微了你。人生苦短，甚至来不及活得好，你又何苦自我卑微？

这世界有时的确很不公平，生活也并不尽如人意，妒忌却不见得会让你活得比别人好。放下这份怒气，做一个内心始终高贵的人吧。

即便纠缠混乱的感情，对刚强的心来说也是一种训练，但是人生苦短，消极的人和事物还是要放下他们。

判断的标准其实很简单，能带给你平静和力量的人，带你靠近光亮的人，跟着他。

那些引发出你的嫉妒、狂乱的人，在识别到自己的缺陷之后，你要去学习他。

当你的才华还撑不起你的野心的时候，你就应该静下心来学习；当你的能力还驾驭不了你的目标时，你就应该沉下心来历练。

梦想，不是浮躁，而是沉淀和积累，只有拼出来的美丽，没有等出来的辉煌。

机会永远是留给最渴望的那个人，学会与内心深处的你对话，问问自己，想要怎样的人生，静心学习，耐心沉淀。

人，来到这世上，总会有许多的不如意，也会有许多的不公平；会有许多的失落，也会有许多的羡慕。

你羡慕他的自由，他羡慕你的稳定；你羡慕他的车，他羡慕你的房；你羡慕他的工作，他羡慕你每天总有休息时间……

或许，我们都是远视眼，总是活在对别人的仰视里；或许，我们都是近视眼，往往忽略了身边的幸福。

事实上，大千世界，不会有两张一模一样的面孔，只要你仔细观察，总会有细微的差别。

同是走兽，兔子娇小而青牛高大；同是飞禽，雄鹰高飞而紫燕低回。

人总会有智力、运气的差别；总会受到环境、现实的约束；总会有人在你切一盘水果时，秒杀一道数学题；总会有人在你熟睡时，回想一天的得失；总会有人比你跑得快……

参差不齐，才构成了这世界上一道道亮丽的风景。那么你，又何必嫉妒他人？

你要知道，走在成长的风雨旅程中，当你羡慕别人成功的时候，也许瑟缩在墙角的人，正羡慕你有一座可以遮风的草屋；当你羡慕别人盛名在外，而失意于自己在地上行走时，也许躺在病床上的人，正羡慕你还可以自由行走……

有很多时候，我们往往不知道，在欣赏别人的时候，自己也成了别人眼中的风景。

如果，在将来的某个时刻，你真的很嫉妒某个人，那么就请你想想，你又付出了什么，凭什么得到那样的回报？也许那个时候，你会更懂得去努力。

其实，你每一天的努力，只是为了让远方变得更近一些。

走自己的路，看自己的风景，想自己的问题，不要总盯着别人如何……总是羡慕别人的辉煌，嫉妒别人的光鲜，阴暗的是自己的心，损耗的是自己的光阴，磨损的是自己的人格。

不要过分在乎无关的人，也不要刻意去在意他人的成功的事。在这世上，总会有人让你悲伤、让你嫉妒、让你咬牙切齿。并不是他们有多坏，而是因为你太在乎。

第五辑

幸福的人遇见幸福，
不幸的人喋喋不休

如果相爱的两个人中有一个狮子座，当他觉得自己的存在阻碍对方的前途或发展的时候，他会选择自动离开。同样的，想要甩掉狮子座很容易，只要给一个理由，就算是编出来的，狮子座也不会纠缠，更不会乞求爱，他不会要施舍的爱。

沉浸在爱里的狮子座异常要强，也保持着一贯的骄傲和乐观。狮子座相信分手的恋人还可以做朋友，只要对方愿意，他还是希望大家都好。对狮子座而言，如果曾经爱过，就不愿意带着恨告别。

你寂寞的心，
是我流浪过的地方

狮子座欣赏自信、有激情而又开朗乐观的异性。他最不喜欢拐弯抹角的人，而言辞闪烁的人也会让他反感。

狮子座对感情很忠诚专一，富有魅力的他也许会让很多人心仪，暗恋或明着追求的人都不少。但狮子座要求比较高，寻找恋爱对象的时候会很挑剔，他有时很浪漫，有时很理性，有时还很贪心，不会为了爱情而抛弃面包，但也不是只选面包不要爱情。

狮子座一旦陷入了一段不清不白的爱情中，就会很快变得患得患失起来。

有时候觉得自己像个神经病，
既纠结了自己，又打扰了别人。

有些人，只能看着他渐渐离开，你不敢去打扰，也不会去打扰。有些人，你走不到他的生命里，错过了，就回不去了。有些人，你会偶尔想到他，然后笑了，你无法挽留，因为没有勇气。

可是你还是心满意足，因为你遇见了那个人，那个不求有结果，不求同行，不求曾经拥有，甚至不求相爱的人。

当一场相遇到了散场的时候，就觉得什么都不重要了。他的生命里会出现别的人，你又怎么能走得进去？

你们之间，从陌生到熟悉，从熟悉到陌生，始终都保持着一颗心的距离。但是你们也都很默契，都不会走进彼此，都选择沉默和祝福。

或许这样，你们都不会觉得难过，从未觉得亏欠了谁。

只是他不知道，因为遇见了他，你的心中便开始有了秘密。这最深的秘密，也是最深的思念。

只是你不知道，为什么你还是如此地担心失去他，即使他从来都不曾属于过你。

离开他的日子里，你的想象失去了灵感，你的心灵失去了依靠，就好像鲜花离开了阳光，暗无光泽；就像游鱼离开了菏泽，窒息难熬。

你没有那么想他，你只是在和别人聊天的时候，会不自觉地点开他的对话框，看着他暗淡的名字发呆。

你只是和朋友在一起的时候，无意识地提起他，给他们讲述那些你总念念不忘而他们也许都烂熟于心的事情。

你只是在发现难得一见的美味的中餐馆时，想如果他能和你一起分享，那该是多幸福的事。

你没有那么想他，你只是在聚会上觥筹交错、衣香鬓影的时候，一个人默默地走到安静的角落，想一想千里之外的他在做什么。

你只是在别人无意提起他的名字时，心内又酸又咸，中间夹着一缕甜。

你只是坐在空空荡荡的地铁里，会不经意间想起当时他坐在你对面，似笑非笑微带嘲讽的样子。

你没有那么想他，你只是在回家的路上，会算一算什么时候能攒够钱去看他，想象一下若你突然出现在他门前，他会惊喜还是责备呢？会不会有一个大大的亲切的拥抱？

你只是有时候会忍不住埋怨地球为何这么大，海洋为何宽阔如斯，为什么在他走了之后，钟摆行进得那么慢？

你只是在和一个陌生人聊天聊得正愉快时，竟然会脱口叫出他的名字，不可原谅自己的傻乎乎，天知道，那时候你并没有在想他，一点也没有。

可是，就算你再不愿意承认，也不得不承认时光的强大，它摧枯拉朽，不动声色地改变着我们每一个人。你也不得不承认记忆的顽固，你流窜躲避，却逃脱不了它的桎梏，无时无刻不提醒着你：这个人曾在你的心上驻扎过。

于是你终于明白，再好的东西都有失去的

一天。再深的记忆也有淡忘的一天。再爱的人，也有远走的一天。再美的梦，也要有苏醒的一天。

越害怕发生的事情就越会发生。就因为害怕发生，所以会非常在意，越在意越慌张，就越容易犯错误。

你要记住，花很多时间都忘不掉的人和事，那就别逼自己忘掉了。搁在心里，上把枷锁，有关你和他的所有故事，便永远属于你了。

要到多老你才能明白，与其幼稚地想忘掉，不如带着成熟的微笑努力记得。

有些人，曾经用心尽力爱过就好了，有些感情，曾经拥有过就足够。你大可不必羡慕别人可以随时放下自尊，随便就放下了自我，随地就放下了原则。你要知道，曾经痛苦，才知道真正的痛苦；曾经执着，才能放下执着；曾经牵挂，才能了无牵挂。

过去的事情可以不忘记，但一定要放下。如果不真正放下过去，就不会有明天。

幸福的人遇见幸福，
不幸的人喋喋不休

狮子座很好哄，上一秒难过得不行了，只要在乎的那个人来哄一下，下一秒就会开心起来了。

狮子座在爱情上比较大男子主义，不喜欢迁就对方，只喜欢对方迁就自己。他个性很强，对小事没耐心，容易和恋人吵架，即使知道自己错了也不主动承认错误。

狮子座在感情受伤后很难恢复，而且容易记仇，爱得越深恨得越深。

幸福是什么？幸福就是在千万人之中遇见你所要遇见的人，在千万年之中，在时间的无涯的荒野里，没有早一步，也没有晚一步，刚巧赶上了他。

幸福就是在对的时间里，遇上在乎你的那个人。

所以，请你别再为错过的人而委屈自己，这个世界没几个人值得你总回头、总弯腰。回头和弯腰的时间久了，只会让人习惯于你的低姿态，你的不重要。

曾经的你以为反抗是一种解脱，现在才发现沉默才是王道。因为真正的幸福，总会默默地靠近你，然后给你一个大大的拥抱。

所谓幸福的时候，就是你安静地坐在那里，不会因为急着去抓住一些什么惴惴不安，也不总是去懊恼错过了什么而患得患失。你的身上容易表现出来的戾气与浮躁慢慢抹去，对一切来来去去都很平静，做着自己认为正确的事情，对未来有信心，对现在有耐心。

一定要苦苦挽留，不顾尊严才算爱吗？可你又怎么会这么做，你是个天生爱面子的人。

你必须承认，生命中大部分时光是属于孤独的，努力成长是在孤独里可以进行的最好的游戏。

你要记住，离幸福最远的事情，不是失去爱的人，而是因为太爱一个人，而失去了自己。

幸福应该是找到一个同路的人，他不指责你、不挑剔你，不对你品头论足，你们有着同样的方向，同样的终点，能相互扶持一直走到最后，而不是其中一个为了另一个人改变方向和准则。

等到有一天发现换来的一切都不是自己想要的，再懊恼地甩给对方一句："还不都是为了你。"

当然了，没有谁和谁是天生就注定在一起

的。一辈子其实不长，能遇见心爱的人，是多么幸运的事。为何不紧握着他的手呢？

一辈子只爱一个人，并不丢人。

其实，幸福与贫富、地位无关。幸福不一定非得写出来、弄出回声不可。

某种程度上，幸福与爱是一回事。需要炫耀的幸福不是真正的幸福，需要回报的爱不是真正的爱。

幸福的人都喜欢沉默。一直喋喋不休说自己如何幸福的人内心一定是虚弱的。

当一个人内心足够强大时，说与不说，都已无用。最重要的是，选择最适合自己的方向，一意孤行走下去。

最终，你会找到幸福最确切的秘诀：那些相似的人或事物终会走到一起，那些不相似的人或事物，终会背道而驰。

你终会发现，即使曾经相爱，现在已互不相干。即使在同一个小小的城市，也不曾再相逢。

但你还是会想念他，就像想念亲人一般，因为想念时，心里是温暖的，是踏实的，是坦坦然然的，也因为想念他，你更能够感受到生活的色彩斑斓。

生命中有一些人与我们擦肩了，却来不及遇见；遇见了，却来不及相识；相识了，却来不及熟悉；熟悉了，却还是要说再见。那么，请对自己好点，因为一辈子不长；对身边的人好点，因为下辈子不一定能遇见。

　　如果真的有一天，某个回不来的人消失了，某个离不开的人离开了，也没关系。时间会把最正确的人带到你的身边，在此之前，你所要做的，是好好地照顾自己。

　　我们辛辛苦苦来到这个世界上，可不是为了每天看到的那些不美好而伤心的，我们生下来的时候就已经哭够了。而且我们谁也不能活着回去。所以，不要把时间都用来低落了，去相信，去孤单，去爱、去恨、去浪费，去闯、去梦、去后悔。

　　你一定要相信，幸福不会单单落下你不顾。

把 自 己 过 得 像 王 后 ，
你 才 能 吸 引 国 王

狮子座对待爱情的态度可以降到比蚂蚁还卑微的
程度。

对于那个他很爱，却不爱他的人，狮子座也会憋出
内伤，但是爱面子的狮子在朋友面前总是表现得满
不在乎。其实狮子座并不是传说中的那么霸道，沦
陷在爱中的狮子座总是口不对心。

在生活中，狮子座可以把理想与现实结合，给人安
全感和满足感，其实内心也是一个心存畏惧的小
孩子。

我想一辈子都活在骄傲里

你必须明白：要走的人你留不住，装睡的人你叫不醒，不爱你的人你感动不了。

如果想念你，他会找；如果爱你，他会说；如果在乎你，他会真情流露……如果这些都没发生，那么他就不劳你费心了。

其实，谁喜欢你，你能感觉得到。你喜欢谁，他对你爱不爱，在不在意，你也能感觉到。

有时候，聪明如你，傻就傻在习惯欺骗自己，承诺了不该给的承诺，坚持了没必要的坚持。

爱情这件事，勉强不了，住不进你心里的人就放他走，你走不进的世界提前先掉头。

拼命对一个人好，生怕做错一点，对方就不喜欢你。这不是爱，而是取悦。

分手后觉得更爱对方，没他就活不下去。这不是爱情，是不甘心。

当一个人回复你的消息很慢，或直接不回时别担心他出了什么事。他只是在陪比你重要的人或者在做比回复你重要的事。

只是，这些都变成了你为这份感情借的高利贷，而利息是你的不自在、你的不真实、你的惶恐和小心翼翼。当哪天你承受不起这利息时，这段感情也会跟着分崩离析。

被人爱而自己不爱自己，那怎么能解决心灵的饥渴？自己追求着不知道是什么的东西，还如此执着！这爱，他能给得真实吗？

亲爱的自己，我们为爱做了太多，可是得到的却永远是无法控制和把握的。我们以为的爱和价值冲昏了我们的头脑，请停下来看看！

有人说，世上有一种人无论嫁给谁，或者娶了谁，都会很幸福。这是因为这种人懂得如何去爱。他拥有强大的内心，他懂得要爱别人，也要爱自己；懂得自强自重，创造自己的幸福，而不是等着他人来施舍，或向他人伸手索取。

自爱，人亦爱之。自重，人亦重之。

若想有人爱你，你就必须有值得人家爱你的优秀和真实；

假如连你自己都不爱自己，那他人又凭什么来爱你？假如他人爱着的你，不是真正的你，那你拥有的这份爱，又有何意义呢？

人的一生，很多时候注定是孤独的，真能同生共死的毕竟只是极少数人。单身也好，孤独也罢，我们都必须学会独处，没有谁真能保证陪你一生一世。

就算有人深爱着你，你也不该因此而负累，而变得虚假和不自在；假如没有人爱你，你就更应该活得真实，因为它是上天给你的、区别于他人的褒奖。

因为选择真实地活着，所以就算有人爱，也当是一种幸运，没有人爱，也当是一种洒脱。做真实的自己，才能遇见真正的爱情。

你来，我喜上眉头；你走，我含笑相送，这才是最好的爱情观。

爱是平等的，没有谁欠谁，所以我们必须习惯自强。爱更是一种单纯的感觉，爱情里没有谁对谁错，所以我们必须学会自爱。

每个人都是独立的个体，每个人的生命都只属于自己，没有谁必须属于谁，更没有必要为了谁，而委屈了自己。

缠，缠不来真心爱恋；赖，赖不到天长地久。无论是单身还是孤独，都要好好爱自己。

为了亲爱的自己，也为了心爱的他人。

自爱，人亦爱之！男女皆然。

与其指望遇到一个谁，不如指望自己能吸引那样的人；与其指望每次失落的时候会有正能量出现温暖你，不如指望自己变成一个正能量的人；与其担心未来，还不如现在好好努力。

有时即使有再多的安慰和指点也没用，能说服和鼓励自己的，还是只有自己。而我能做的，只是告诉你，我们都一样，不要怕。

你要记住，把自己过得像王后，你才能吸引国王。

你是怎么样的人，就会吸引什么样的人。

结 局 已 经 如 此 ，
原 因 也 就 不 重 要 了

对于狮子，只要你优秀，能够给他想要的关注和夸奖，其实就够了。

每天夸夸狮子，狮子就能像只大猫一样温柔待你。狮子的强悍会在爱上你的瞬间土崩瓦解，但是不要试图掌控狮子。

若是在感情里受了伤，狮子座就会变成异常的玻璃心，超敏感，常常是"上一秒洒脱，下一秒纠结"，然后无限循环。

有一个夜晚我烧毁了所有的记忆，
从此我的梦就透明了。
有一个早晨我扔掉了所有的昨天，
从此我的脚步就轻盈了。

你在青春爱过谁，谁在青春爱过你？是不是你也如此，觉得自己装得天衣无缝，那些暧昧和情绪没有人能够看出来，是不是你也会在听到她名字的时候心里暗自激动，是不是你也会等着她的短信反复地安慰自己她现在也许正在忙，然后把手机设成静音，为的是假装能够不经意地看到手机，看到她发来的短信？

可是从夜幕到天明，从懵懂到成熟，那个人、那条短信，依旧没有来到。他们像是成长途中的船舶，搁浅在一片苦涩的回忆海滩上。

散落在天涯的那些曾经爱过的人，等也等不到，曾经走失在时间旋涡里那些执着的怀念，忘也忘不掉，你还在回忆的河里划水吗？

其实你明知道，所有电影所有故事的续集都不会好，小时候无比珍贵的记忆，被拿出来重新包装，重新改良，再一次贩卖，然后展现给你看。

可是，你还是去看了，你心甘情愿为之买单。因为你是有多想，可以重温一下旧时光。

有人说，回忆里的人是不能去见的。因为你若是去见了，回忆里的他就没了，两个曾经最相爱的人，变得比普通朋友还陌生的那种感觉，比互相折磨还心寒。

相见不如怀念，恨与不恨，爱与不爱，对于那段时光来说，就让那个人和那段记忆永远地封存在时光里。

你要知道，我们是活给自己看的，不必沉浸在他人的语言中，蜷缩于回忆的阴影下。你若裹足不前，有人偷着笑；你若挣开束缚，前方春暖花开。唯有心静，身外的繁华才不至于扭曲和浮躁，才能倾听到内心真实的声音。

你要记住，做人要么有深度，要么有趣，要么安静，切不可扭捏，更不能自缚。

你要知道，你对命运的每一次固执，你对

过往的每一次不舍，都会成为命运不同方式的束缚，成为缚住你生命的茧。

不仅仅那些烦恼、困惑，是缚住你的茧，你想要却得不到的，你想忘却忘不了的，都是你的茧，你被什么所困，什么就是你的茧，乃至你不曾意识到的嫉妒、愚痴、迷茫等弱点，都是你的茧。

你放不下的往事是茧，你停不住脚步的追逐是茧，你忘不了的痛苦是茧，你越不过的坎是茧，你改不了的习气是茧。

对于心胸狭隘的人，别人一句不中听的话，就足以成为困住你快乐的茧；对于不够坚强的人，一个小小的逆境就足以成为阻挠你一生幸福的茧。

你讨厌一个人，这个人是你的茧；你恨一个人，这个人是你的茧；乃至，你喜欢一个人，这个人也会是你的茧。

你在意别人对自己的评价，别人或好或坏的言论都是你的茧；你好面子，面子是你的茧；你好逞强，成功也会成为你的茧。

你讨厌做一件事，这件事是你的茧；你喜欢做一件事，这件事一样会成为你的茧。

常常后悔的人注定是作茧自缚的人，因为你在回忆里沉浮，那些错过的人，那些遗憾的事情，都变成了你现在的不如意。

可是亲爱的，无论沉陷在怎样的回忆里不能自拔，都要努力放自己一条生路，不要丢弃原本美好的你，不要既为难了自己又勉强了别人，不要让回忆毁了你。

经常后悔的人，一定活在过去，近乎偏执地幻想可以去重新做一次，以弥补过去的缺憾，而心甘情愿地被这个白日梦诱惑。这样的人，把自己的希望寄托于根本无法改变的过去。

只是你有没有想过，也许只需一个简单的转身，面向现在和未来，人生便豁然开朗。

愿你坚强，如果结局不是你想要的，那么你又何必在乎这个过程呢？你要守护好自己的骄傲，凭什么为了那些错过的人、遗憾的事去卑微现在的美好时光。

寂寞是失落感，
孤独是安全感

狮子座喜欢热闹，但是也很享受孤独，他可以在这两者之间取得完美平衡。

狮子座很喜欢跟朋友一起，疯狂地玩闹，但回到家里，就可以变得异常安静，不喜欢被打扰。

狮子座需要自己的空间来思考，如果不给狮子这个空间，那么他一定会抓狂，变得不可理喻，狮子的字典里，"自由"和"自我"这两个词的比重几乎占据了全部。

别人给的从来不叫安全感，勉强算是廉价的依赖。
安全感基于独立。你赞扬一棵树迎风挺拔，
却忘了它年复一年形单影只的孤苦。

　　你觉得孤独就对了，那是让你认识自己的机会；你觉得不被理解就对了，那是让你认清朋友的机会。

　　你觉得黑暗就对了，那样你才分辨得出什么是你的光芒。你觉得无助就对了，那样你才能明白谁是你的贵人。你觉得迷茫就对了，谁的青春不迷茫？

　　对你而言，最重要的事情只有两件，一件是认清寂寞和孤独的区别，另一件就是去经受孤独的洗礼。

　　你要知道，寂寞是别人不想搭理你，孤独是你不想搭理别人。

　　寂寞是没人陪你，孤独是没人懂你。寂寞是一种心情，孤独是一种心境。

　　寂寞是一个人的时候，恨不得照镜子都能照出一万个你；孤独是哪怕身边有一万个人陪着你，却没一个真懂你的，你还是会觉得，你是独自存在的。

寂寞是自我与他人共在的欲望。孤独是把他人接纳到自我之中的欲望。

寂寞会发慌，孤独则是饱满。怕孤独的人会寂寞，愈是不想处于孤独的状态，愈是碰触人然后放弃，反而会错失。

寂寞是一种迫于无奈的虚无，孤独是一种由思想带来的挥之不去的气质。寂寞和孤独的不同是：前者是寻找别人，后者是寻找自己。

孤独是一颗深刻的心灵寻求理解而不可得，寂寞是寻求普通的人间温暖而不可得。然而，人们往往将它们混淆，甚至以无聊冒充孤独。

到了一定的年纪，你终究会脱离集体生活、脱离家庭、离开学校、没有朋友陪伴，自己独处。

但是你要知道，人终究是要面对孤独的，总是要自己去战胜孤独和寂寞，因为它才是我们变得强大的契机。

不管是面对感兴趣的事情，还是心仪的人，当最初的新鲜感过去之后，剩下最多的就是无尽的孤单感。你会在失去一个人、一个朋友，远离了父母和师长之后，得到大量的时间，自己和自己相处的时间。

然后，你看见自己内心无数的恐惧、低落，觉得生活了无意义。你遇见高兴的事情便真的高兴，遇见不如意的事情会沮丧或是逃避。

偶尔有些外来的刺激，就像拳击场上你偶尔撞向弹簧绳——忽地突出了那个四方形边界，还来不及环顾四周，又被重重地甩回赛台中央。

你不得不回来面对日复一日的琐碎、平凡、不确定、惊喜、失去、悲伤、痛苦、兴奋、抑郁。你沿着自己内心的通道一阶一阶往下走，然后你看见孤独这个孩子，正坚定地站在空荡荡的地板上，回头看你。

其实，每条路都是孤独的，慢慢地你会相信没有什么事不可原谅，没有什么人会永驻身旁，也许现在的你很累，但未来的路还很长，不要忘了当初为何而出发，是什么让你坚持到现在，勿忘初心。

丢失的自己只能一点一点捡回来，也许每一个人，要走过很多的路，经历过生命中无数突如其来的繁华和苍凉后，才会变得成熟。

一个人在成长的过程里面，总是在不断地和周围的环境建立关系，在和妈妈的关系中、和家庭的关系中、和社会的关系中，不断地变得强大和独立，并且逐渐地确认自己的角色和定位。

可是，只有当你接纳生活的本来面貌，面对内心的孤独感的时候，你才能真正地去发现、去体验这超越自己控制的、充满不确定性的生活。

你终究会学着和孤独相处，学会和自己相爱。

虽然我们都不是很完美的人，但我们要接受不完美的自己。在孤独的时候，给自己安慰；在寂寞的时候，给自己温暖。学会独立，告别依赖，对软弱的自己说再见。

生活不是只有温暖，人生的路不会永远平坦，但只要你对自己有信心，知道自己的价值，懂得珍惜自己，那么对世界上的一切不完美，你都可以坦然面对。

任何一颗心灵的成熟，都必须经过寂寞的洗礼和孤独的磨炼。

有选择地相信，
有原则地提防

狮子座在陌生人眼中，就像位高傲的神，骄傲、勇敢、坚强、独立；在朋友眼中，狮子就像个无私的天使，热情、善良、细心、有耐心；而在爱人眼中，狮子就像个任性的孩子，爱哭、爱笑，会赌气，能耍赖。

狮子只在自己信任的人面前才会表现出孤独、脆弱、敏感和多疑的一面，那是狮子对你的信任，如果你懂。

人总是这样的矛盾，当你去相信时，被骗得遍体鳞伤；当你习惯性地怀疑时，却偏偏有人那么善良，让你觉得对他们的怀疑其实显得自己的内心那么肮脏 。

所以，只能选择相信别人时，不忘记有原则的提防。被别人欺骗时，绝不放弃对其他人的善良，这样才不会对这个世界彻底失望。

我们还是太年轻。对这个世界的理解带着盲目的信任或者盲目的不信任。

如果有人伤害了你，可以原谅他，但永远也不要再给他欺骗你第二次的机会。

原谅是放过你自己，而盲目信任，却只会给他再伤害你的机会。

我们当然可以相信人会改过，但是验证的机会还是去留给别人吧。

对信任你的人，永远别撒谎，对你撒谎的人永远别信任。用一些时间，总会看清一些事，通过一些事情，总会看清一些人，我们总以为真心对人，也可以换来别人的真心对待，拼了命不让身边的人难过，可后来却发现受伤的是自己。

永远不要企望别人都与你相同，我们只须坦坦荡荡，问心无愧。

其实，信任是很简单的事情，它就如同一个一岁小孩的感觉，当你将他扔向天空的时候，他会笑，因为他知道你会接住他，这就是信任。

人心有真假，时间能见证；感情有冷暖，风雨能考验。岁月，留不住虚幻的拥有，体会到缘分善变；平淡无语，能感受到人情冷暖。

有心的人，不管你在与不在，都会惦念；无心的情，无论你好与不好，只是漠然。

走过一段路，总能有一次领悟；经历一些事，才能看清一些人在他心里你是什么位置。

不够好，才会那么依赖其他人；不够清醒，才会信任所有耀眼的外衣；不够强大，才会浪费时光去迎合他们的玩闹。何必要怪别人呢？都是自己的错。

　　有些事，不明不白，让人猜不透；有些人，戴着面具，让人看不清；有些理，概念模糊，让人悟不出；有些路，坎坷难走，让人行不通。

　　世态可以炎凉，做人不要丢掉善良；世界可以混乱，内心不可以肮脏。有些话，能不说就沉默，藏在心里更适合；有些伤，能不揭就不揭，无声忘记更明智。

　　有些事，可以看透，但不要看破；有些人，可以看穿，但不要戳穿。给事留一个机会，给人留一个空间，给己留一份尊严。

　　予人方便，就是待己仁厚；包容别人，就是宽恕自己。活着，就是一种修行，修一颗从容达观的心，就会轻松、自在、洒脱。

　　属于你的，没人能拿走；能拿走的，都不属于你。

　　信任就像一张纸，有了褶皱后，不管你怎样努力去抚平，都恢复不到原样了，永远不要试图去欺骗别人，因为你能骗到的，都是相信你的人。

无论是友情还是爱情，都是易碎品，一旦出现过裂缝，便很难恢复原貌；不论是谁对不起谁，那裂缝都如同双面刃，一面伤人一面伤己。

　　每个人都会有伤痛，但并不是每个人都有触及伤痛的勇气。有些伤痕藏久了，就会成为生命中无法抹平的伤痕。

　　同情怜悯只能治标，鼓励信任才能治本。只有用爱勇敢地面对它，才会使伤痛减半，快乐倍增，使生命充满阳光。

　　最终，你终会有能力，有勇气，有信心过上那种"人生苦短，我要把时间花在我喜欢的人和事上"的生活。你不再言不由衷，不再胆小怕事，不再沾沾自喜，不再对陌生人冷漠，不再充满怀疑和不信任。

　　你因为爱一个人、爱一件事，而更爱这个世界。于是，你把所有的时间，都花在了让自己更好、更快乐的事情上。

对那些伤害过你的人，就放过他们，路过他们，然后挥挥手，永不再见。

即使生活给你一千个伤心的理由，你也要找一千零一个开心的借口，不管这世界多么残酷，都要保持一颗释然的心。

原谅所有的人与事情，活在当下，少一些依赖，照顾好自己，相信前方的路上总会有不期而遇的温暖。

不 随 便 麻 烦 别 人 的 人
都 很 善 良

狮子座对待感情总是尽心尽力，但是从来不期望得到同等的待遇。所以很多人对狮子座有很大的误解，认为狮子座是一个强大的人，实际上，狮子座也有十分脆弱的时候，他们需要爱、尊重与支持。

狮子座待人热情，但当自己遇到困难的时候，却不愿意开口求助，一方面源自王者的尊严感，另一方面源自不自信的心态，因为不知道自己在别人那里的地位。

不知从什么时候起，你习惯了在自己的世界里独善其身，成长的过程很艰辛也很孤独，独自成长的你在跟稚嫩的自己告别的同时，也开始渐渐走进这种孤独的盲区。

而在这样沉默的背后，是你每天盯着天花板数千只绵羊才能入睡，朋友圈里的每一张图片你会一看再看，每年一次的同学聚会，你明明渴望至极，可话到嘴边，你又说下次再去。你也常发状态，表示你现在很好很开心。

但事实只有自己知道，被朋友圈点评内心强大的你，已是表面现象，却难掩内心的溃败。

你看，不是你变得无坚不摧了，原因很简单，不过是你胆子变小了。

脆弱还是一如从前，一个人跟跟跄跄、跌跌撞撞地走了太长时间，再不敢相信你在别人心里很重要，所以，很多时候因为怕拒绝所以你便率先隔绝了来自朋友的关心。

你觉得不打扰朋友是温柔，是善良，但你有没有想过真正的朋友们的感受？

那些你和他们有过交集的旧时光，留存在你记忆里，照片上的笑容就是最好的见证，你见过他贪吃的嘴脸，他看过你狼狈的哭相；你犯懒的时候他一边骂你一边把衣服收进他洗衣服的盆，他刻意减肥饿得两眼发黑，你强行灌他豆浆一杯；他约会晚归，你帮忙打掩护，你失恋痛哭，他给你打饭打水。

还有更多平淡的日子里，你们结伴逛街，结伴读书，结伴去听一场演唱会，即便你和他没能一起走过千山万水，没能尝遍祖国美食，即使在如今别离的日子里，你依然笃定再也找不到像他这么好的人，曾陪你走过明明白白的青春。

最初分开的日子，你们彼此鼓励、彼此安慰过。可是，当悄悄溜走的时间成了岁月，已然成熟的你开始尝试着接受以前拒绝的一切，也格式化了你和他之前的亲密关系。

当然，你并不是待人冷漠，相反，朋友需要帮助时，你总是第一个站出来，热心又诚挚，善良又可爱。

只是，当你自己遭难了，就会默默地找个角落躲了起来。

原来，有时候表现出来的冷漠并非无情，而是太善良，因而害怕麻烦到别人。

难道你不明白，最好的友情和爱情是一样无关风月，不要求别人，而是在平淡的流年里彼此挂念，各自成长。

你要知道，你麻烦了朋友一次，算是借了一个人情，人情总要还的，当下次再还的时候，关系就更近了。

为什么不接受别人的好意呢？为什么不试着走进别人的世界呢？为什么不去坦坦荡荡地表达自己的想法呢？为什么缩手缩脚怕制造麻烦呢？

生活本来就是瓶瓶罐罐碰碰撞撞跌跌撞撞不断前行的过程，努力地向前走，然后，一切都会好的。

也请你努力地做自己，活出自己的风采，你若盛开，蝴蝶自来。

善良并不是软弱，温柔也并不是妥协，愿你在这个嘈杂的世界中，不慌不忙地成长。

第六辑

愿将来的你，
感谢现在的自己

狮子座是很有异性缘，很有魅力的星座。但是总是显得有点大女人或大男人。狮子座不太懂得屈服和退让之道。狮子也是很勤奋，很努力，却容易和别人起冲突的星座。狮子座在恋爱的时候要会把握分寸才不会让自己受伤，不能一爱到底，更不能太过依赖对方。

狮子座要知道，有时候给别人退路就是给自己退路。愿狮子座能够不断努力，变成自己喜欢的模样。

愿将来的你，
感谢现在的自己

狮子座爱得起，但是放不下，更怕受伤害。狮子座喜欢折磨人，时而温柔可人，时而暴躁发脾气。

狮子座喜欢追问你的过去，但又害怕知道你的往事。狮子座十分乐观，一直说以后一切都会好。十二星座中也只有狮子座有这样的乐观和远见。因为狮子座知道，努力改变现在，努力接受现在的自己，将来一定会变成自己喜欢的模样。

不要让未来的你，讨厌现在的自己。
我正在努力变成自己喜欢的那个自己。
与其祈求生活平淡点，还不如自己强大点。

以前总以为，未来是用来逃避的。小学不开心了，还有中学，中学不开心了，还有大学。

直到现在，你才恍然发现，没有未来是可以用来逃避的。

你必须在现在的时光里扎根、生长，你必须学会接受，试着忍耐，学会适应，即使硬着头皮，即使满目疮痍，但这就是成长的意义啊：亲手改变现在，而不是等待未来救援。

世界那么大，我们和身边的人都在为工作、为美丽、为情爱、为了当下的自己，努力作为。它不顶饿，不解渴，甚至还不能获得他人的赞许，却让人甘之如饴。

得不到结果，又有什么关系呢？

因为热爱，才会不计较付出全部力气。不能破茧成蝶又怎样，递交给自己的试卷是满意的就很好啊。

所以你不再崇拜魔鬼身材，也没有男神可去迷恋，可是你依旧愿意继续努力，为了遇到更好的自己。

　　所有的动力都来自内心的沸腾。如果你做不到一件事，无论是搞好关系，还是寻找爱人，还是减肥，都是因为你还没有真正想做。

　　只要你没有想通，只要你不是真的心服口服，那么所有外界的努力都是劳而无功的。

　　就像一个人躺在地上，如果他不想起来，那么十个人也拉不起他来，即使起来了也马上会趴下。

　　世界上的事，都是因人而异。对你难于上青天的事，对另外一些人不过是弹指间的小菜一碟。

　　所以，先锤炼你的人格和目标吧。当它们光彩照人的时候，机遇就在不知不觉中降临了。

　　这没有什么可神秘的，只要你像雏鹰，无数次张开翅膀，有一次正好刮过来了风，那就会是一股上升的气流。如果你蜷曲在巢中，无论刮过怎样的风，对你而言都只是寒冷。

　　有人说，经历过苦难，人会思索很多，也会改变很多；但也有人说，人是善忘的，就算经历生死的痛，也会很快回归到琐碎忙碌中。

其实都对，也都不对。你看，事情总是要分两面，生活除了残酷，还有严厉和公平，人在历经苦难后，反而更加懂得感恩。

因为，硬邦邦的命运永远阻挡不了柔软的梦，再满的悲伤总会被心存善好的满足和欢喜冲刷。

人的一生难免遇到遗憾，但遗憾不是生活的全部，命运不会因为你的水土不服而变得仁慈。

但若你能够坚持不懈，那么那些渺小就算依旧渺小，那些错过的就算依旧成为过去，可是苦，却不再那么苦了。

你可曾体会种子的疼痛？那种挣开包裹自己的硬壳，顶出板结的土壤的苦难，对一粒柔弱的芽来说，可说是顶天立地的壮举。一个人觉醒时的力量，应该大于一颗种子啊！

有些人把梦想变成现实，有些人把现实变

成了梦想。关键一点是，你的梦想是什么？你为你的梦想又做了什么？

有梦想就不会寂寞，当你寂寞的时候，只要招招手，你的梦想就飞到了身边。剩下的就是琢磨怎样把梦想变成行动的了。

其实，正常的人生谁没有不受命运待见的一段，生活的意义不在于杜绝它讨厌你，而在于怎样活得让它喜欢你，命运对你残酷，你就要扛得住。

愿你能够无畏而庄严地守护自己的初心，不依赖任何力量，不放弃任何执念，相信自己的抉择。哪怕手无寸铁，也有举刀而立的气魄，纵隔万水千山，也不能阻断风驰电掣的喜欢。

生命的苛待和考验如潮水来了又去，你不用担心成为灾难的主角，而是要尽最大的努力来帮助自己，走到温暖明亮的地方去。

生命中的每一个突发事件都有可能将现在的你推向未知，这一切没有谁能够掌控，我们唯一能做的就是扛住这一切。

扛得住你所受的苦，这世界就成了你的。

愿 你 早 日 攒 够 失 望，
开 始 新 的 生 活

有人说，千万别和狮子座斗勇气。这倒不是因为狮子座不会害怕，只不过他伪装得极好，害怕的时候也不会给你知道，和他比勇气，你会觉得自己是个胆小鬼。

因为狮子座善于伪装，并且极为坚韧，所以他常常会有一种不肯放手的执着，这既成了狮子座的优点，也是硬伤。

当青春变成旧照片，当旧照片变成回忆，
当我们终于站在分岔的路口，
孤独，失望，彷徨，残忍，
上帝打开了那扇门，叫作成长的大门。

有时候，你很想念一个人，但你不会给他打电话。因为打
电话给他，对方冷冷的一句"喂"，会让你不知说什么好。还
是不打电话比较好，发个信息吧，又好怕对方不回信息，要不
就算回了，也就简短到让人心疼的一个"哦"。

所以对那个不懂得珍惜你的人，你要试着放下他，然后重
新开始。

你要相信，结束总是伴随着新的开始。

当一个人不爱你的时候，你撒娇就是作，你吃醋就是小心
眼，你想念就是打扰，你关心就是闲得慌。总之你这个人开始
出现各种各样的问题，而这些问题，在相遇的时候他曾爱不
释手。

感情的深与浅，不在于时时相见，而在于藏在心底的那份
牵挂；一段刻骨铭心的伤痛，不在于怎么忘记，而在于是否有
勇气重新开始。

对越亲近的人，我们越不知道底线在哪里。我们肆意开过火的玩笑，揭最深的伤疤，以为这才是真正相爱的证据，却忘了感情也有一个账户，也需要储蓄。

于是，等到余额归零的时候并不意味着重新开始，而是永远结束。

青春就像一只容器，装满了不安、躁动、青涩与偶尔的疯狂。我们都有绝望的时候，只有在勇敢面对的时候，我们才知道我们有多坚强。

如果生活已处于低谷，那就放心大胆地走吧，因为不管怎样走都是向上。

不安于现状，却没有重新开始的勇气，有时候真的比一无所有还可怕。

与青春梦想有关的那些时光，总如白驹过隙，来得匆忙，去留无意。

走过了，路过了，就永远都回不去了。也从来没有一趟列车开往昨日，你也永远回不到当年的十七岁。

　　那么，喜欢恋物怀旧和空想做梦的人，想要成功地突围，就该将记忆重新整理，试着舍弃一些东西。

　　哪怕是一直以来都爱不释手的，也要忍痛割舍，因为在日渐忙乱的生命轨道上，你早已无暇自顾。想要拿出来当作展览，可能也早已没有了空隙。

　　长大了，开始理会到家人的艰辛，开始学会和身边的每一个人强颜欢笑，开始慢慢地收拾失落的心情，而此时的你，是否有一丝凄凉，还有一点淡淡的忧伤。

　　这个世界上，总有很多人戴着面具面对一切，但无论世界怎么变，都要做回原本的自己。人，最大的悲哀是不愿做自己。

　　有时候你需要舍弃一个拥抱，因为那个温度可能不再属于你。爱过就不要后悔，不爱更不必勉强，既然无法举案齐眉，不如将放手当作最后的馈赠。或许还有一个怀抱，正在为你敞开，那里有你温暖的幸福。

　　你需要忘记一种情怀，因为相似的时光总不回来。正如冰箱可以用来储藏食物，人的感情却找不到这样密闭的空间，保持着特有的恒温。

你需要丢掉那本日记，因为回忆里总是藏着毒药。很多人都有写日记的习惯，日记是生活的底片，转载了你太多的往事和夙愿，但是没有阳光能够照进回忆，不想活在阴翳里，就该学会主动突围。

你需要放弃一份执念，因为不是付出了就会有回报。过分的执着是一种资源的浪费，如果为了这份执念你已倾注了太多，试过所有的努力，却从未够到梦想的尾巴，不如腾出手来追求可能拥有的东西。

不知不觉我们都过了爱做梦的年纪，不要总想着留在回忆里过把瘾，迷恋着定格在照片里的美景，你该回到自己生命的躯壳里，找回应有的平静，握紧一个现在，拥抱一个未来。

最后你会发现，爱情会回来，只是主角大多不是你梦见的那一个；友情会回来，只是你路上重新遇见的那一拨；感动也会回来，只是你的心灵已被新的情怀所覆盖。

谁不是一边受伤，
一边学会坚强

孤胆英雄，说的就是狮子座。就算一个人战斗，狮子也会坚持到底，绝不轻言放弃。

在绝望中寻找希望是狮子的生活态度。狮子是那种会冷静到让人觉得神奇的物种，他们身上散发的能量与气场有绝对的说服力。所以说，狮子是个让人心服口服的领导者。

有些事不愿发生，却不得不接受，
有些人不可失去，却不得不放手。
有时候，我们等的不是什么人、什么事，
我们等的是时间，等时间，让自己改变。

每一个人，都有这样的时候，当你以一个旁观者的角度去劝解别人时，总是思路清晰，利弊分明，头头是道；然而，当有一天，自己扮演了当局者迷的角色，你会发现，一切心知肚明的道理，都已模糊不清。剩下的，只是钻牛角尖般的执着与不舍。

人生，总有一些路，要独立去走；总有一些事情，要独立去做。每一种经历，都是一次自我修炼，只有接受洗礼，才能真正学会坚强。

当你沉迷于一段爱情的时候，你喜欢有他在的空气，没他在的想念，你拥有和他珍贵的回忆以及别人看不懂的默契，你精心把每一段刻有你们印记的时光都放好，然后给了他一张满分100分的考卷，考试的内容关于你，你在等着他100分的回答。

你认为，这就是你爱他，他爱你。

其实，如果你觉得他是对的人，就去勇敢爱。自己喜欢的，就不要再问别人好不好看。

既然决定雨天出门，何必去思考需不需要带伞；既然决定要走哪条路，何必去打听要走多久。

　　如果你觉得他不是对的人，就勇敢放手。

　　电影里的轰轰烈烈的爱情都会以漆黑的片尾做终结，现实生活中，唯有那种沉默，淡然的陪伴与扶持最是刻骨铭心，以至于不论结果的好坏，都能使你成熟地迈向下一段人生。

　　生命中有很多糟糕的事情都是自己作茧自缚造成的。如果你能把那些糟糕当成是磨砺自己的福祉，那么你得到的是最宝贵的人生经验。我们往往不敢面对的，不是脆弱本身，而是因脆弱衍生出来的事情。

　　如果你也是玻璃心，那么请狠狠地砸碎软弱，学会坚强成长。因为你不勇敢，你的梦想怎么办？将来的路怎么走？

　　你看起来坚强，但在机会面前总是犹豫，你把自己折腾得死去活来，但是别人却不会知道。于是，后来你的心碎一地，碎到拼接起来闪着更加奇异的光芒，但是却无法像从前那般透彻了。

　　你外表坚强，内心却柔软得不堪一击。别人看得见你外表绚丽夺目，却触不到你苍白无力的内心。你渴望被爱，但一直在付出爱。

有时候，你在乎的人明明就在你的眼前，但对方却感觉你仿佛离得很远，因为你的眼睛望向的是天际。

所谓高贵的灵魂，就是对自己怀有敬畏之心。你却是敬畏别人多于敬畏自己。

每个人的成长初期都有一颗玻璃心，害怕梦想破灭，害怕自己的一言一行遭到别人诟病，害怕被攻击，害怕这害怕那，在越来越多的害怕中，变得敏感，变得小心翼翼自我约束，变得不能准确正视自己，常常活在别人的眼光中。

其实，对于别人的眼光你完全可以"有则改之无则加勉"，不要被别人说几句就承受不了，也不要总是以为自己就是别人目光中的焦点，其实根本没那么多人花时间和精力来在意你的一举一动，一切都是因为你太在乎别人。

不要活得那么累，要把自己当成配角，不要想象成主角。

总有那么一天你会发现，自己不是谁都可

以替代的。

每个人都会累，没有人能为你承担所有伤悲，人总是要学会自己长大。

脸上的快乐别人看得到，可是你深藏在心里的痛又有谁能感觉到？

无论经历过怎样的不幸，都别忘了要哄自己开心。不信你回头看看，你都已经在不知不觉中熬过了很多苦难。

所谓成长，就是逼着你一个人，跟跟跄跄地受伤，跌跌撞撞地坚强。该信任的时候要信任，该伪装的时候要伪装，也许本心不愿如此，也要学会如此，因为或许只有这样，才不那么容易受伤。

有些事情你没看透，不是你太笨，只是你太善良。让你难过的事情，有一天，你一定会笑着说出来。

谁不是一边受伤，一边学会坚强。

每 一 个 你 不 满 意 的 今 天 ，
都 有 一 个 你 不 曾 努 力 的 昨 天

狮子座知道努力能带来什么，所以狮子座并不在乎
你有没有钱，而是在乎你能否发奋努力改变现状。

狮子座并不在乎与你在一起会遇到什么困难，而是
在乎你会不会迎难而上；他也不在乎你浪不浪漫，
而是在乎你能不能让他看到未来。

狮子座乐于为了目标而做出努力，这会让他努力得很
快乐，他自己这样提醒自己，也希望身边的人和他意
见一致。

対待生命你不妨大胆冒险一点，因为好歹你都要失去它。

如果这世界上真有奇迹，那只是努力的另一个名字。

通宵复习，是因为平时不够努力；拼命减肥，是因为吃零食从来都不控制；分手后的后悔，是因为之前没有给对方足够的关心。

你要记住，每一个你不满意的今天，都有一个你不曾努力的昨天。

15 岁觉得游泳难，放弃游泳，到 18 岁遇到一个你喜欢的人约你去游泳，你只好说"我不会啊"。18 岁觉得英文难，放弃英文，28 岁出现一个很棒但要会英文的工作，你只好说"我不会啊"。

人生前期越嫌麻烦，越懒得学，后来就越可能错过让你动心的人和事，错过新风景。

你有没有想过，为什么大多数人的云朵是灰色的，唯有少数人的云朵洁白明亮甚至是彩色的？

你有没有想过，为什么你所有的过往加起来都比不上一个人轻描淡写的一段岁月？

你说，那是因为他有丰富的人生经历，他是命运的宠儿。幸运儿？别傻了，你一定没有看到他比你努力千倍万倍的样子，你一定不知道他用了多少血泪多少心爱的东西兑换了你艳羡的筹码。

那么辛苦的你为什么没有一段幸福的岁月？亲爱的，你搞错了。辛苦的人不一定有成功的未来，但成功的人一定有过辛苦的岁月。而你，只是还不够努力而已。

在我们身边，总有些学习成绩非常好，但看起来并不怎么认真的人，很多人把他们定义为聪明，其实他们只是在学习的时候摒弃了诱惑，一心一意地在努力，虽然那些努力没有让别人看到，但那段时间没有被干扰。

这种感觉你不一定要让别人知道，有时候你也在深夜去痛斥这个世界的不公，你说自己这么努力，为什么那个谁看起来一点儿也不用心，最后却有了很好的成绩。

可是，他们的背后和你的背后，究竟做了一些什么？你的生活和别人看到的你的生活，是不是一样的呢？因此，你知道，那些所谓的努力时光，真的头脑风暴过了吗，真的走心过了吗，真的问心无愧了吗？或者，你只是看起来很努力而已。

人生处在最低谷的好处是，无论朝哪个方向努力，都是向上，如果你今天不努力，明天也不努力，那么你的人生只是在重复而已。

你要坚信每天叫醒你的不是闹钟，而是心中的梦想，新的一天开始了，你唯一应该努力去超越的人，是昨天的自己。

人生不会是坐着等待，好运就会从天而降。就算命中注定，也要自己去把它找出来。努力与否，结果会很不一样的。

在你成长的过程中，你会逐渐发现，只要越努力，找到的东西就越好。当你得到时，会感觉一切好似注定。可是若不努力争取，你拿到的可能就是另外得一样东西，那个结果也似乎是注定的。而关键就在于，你是否愿意用现在的努力，去换一个不后悔的将来。

有 人 爱 你 全 心 全 意，
你 却 假 装 在 爱 自 己

狮子座有强大的包容心，可收纳难以计数的恶语中伤，以及有意或无意的误会曲解。

狮子座的内心洒满了阳光，他不愿轻易去在乎，不想被世俗所束缚。虽然他不曾去试着精明，不代表他就不聪明。因为，一切都被他所看透，只是不说破而已。

但凡狮子座决定放弃并远离一个人，那意味着你再做任何努力，终将只是徒劳。所以受过情伤的狮子座会很胆怯，也很容易因此错过一些人。

你是一个有主见的人，总喜欢让所有的事情都尽在掌握之中，姿态果断又惬意。

只是，当你的生活长时间定格在一种固定模式的时候，心底难免会有倦意横生。吃饭时，点香菇油菜的次数多了就会恶心，再看菜单上的豆豉排骨会~~蠢蠢~~欲动食指大动。

谁知道，当爱情来了，你的主见没了，你的生活也失控了。

这一场感情让你花费了很多时间，思考了半天，衡量了很久，然后当你决定去爱了，却发现这份爱也已经离你远去了。

又或者，爱神眷顾，你想爱的人一直在等你开局，而你的满心欢喜却也没持续多久，只是因为一件小事，这个让你花费很多时间才选择去爱的人就被你轻易否决了。

你是一位好姑娘，性格温和，生活积极，你听过很多版本的爱情故事，读过很多情感分析的书籍，也看了很多浪漫温馨的爱情剧，可就是谈不好一场恋爱。

于是，每一次的分手，都长成一颗颗獠牙，在你猝不及防的时候撕咬你一口，伤口越多也越深，你痛彻心扉。你觉得委屈，你这么努力，生活凭什么这么对待你。

曾经你也是为爱奋不顾身过，也曾一心一意为两人的幸福努力经营，为爱情轻视名利甘心吃苦过。是什么时候开始，你变得如此自持又冷静的呢？是吃过苦，受过伤，为爱舍身偏又遇人不淑之后。

花了一些时间，经历了一些事情，身上的情伤多了，你看清了一些人，也学会了给自己留后路。越来越多的姑娘看过了爱情的不美好，懂得了爱自己的重要，保持自我，保持清醒，不要也不肯在下一段爱情里爱得不遗余力。

他对你一见倾心，你怀疑他见色起义。他对你日久生情，你说他权衡过利弊。他爱你全心全意，你却始终只客套地应付着他而已。

等到对方耗尽了力气转身而去，你又责怪他不够坚定，不够爱你。

亲爱的姑娘，你冷静下来细细想一想过往，追溯根源，这一切真的是生活对你太过刻薄吗？

不是的。

很多时候，并不是生活的现实让你远离了爱情，而是从一开始你就没想过坚定不移地去温暖一个人，不是生活里没有永恒，而是你的浮躁和过度的自我保护让你与真爱失之交臂。

爱自己从来没有错，错的是矫枉过正的做法和行为。

众所周知，爱情这东西很娇气，它经不起太多的矫情和无理取闹，也拒绝刻意的伪装和小心翼翼，它带给你惊喜和欢愉，也准备了磨难和考验。你不能享受了它的甜蜜美好，又唾弃它让你备受煎熬，然后逃之夭夭。

对待爱情，每个人都有自己独特的见解，而蔡康永的一段话说得更好，他说："上段恋情，全心投入，结果重伤。于是这次恋爱怕受伤，就很保留，这意味着，上次那个伤你的烂人，得到最完整的你。而这次发展中的恋人，得到个很冷淡的你。"

就算你的目的是为了保护自己，但若这是开店做生意，你这店一定倒的，永不再来的恶客得到最好的服务，而新客上门则饱受冷落，这店怎能不倒？

爱情不是简单地加减乘除就能收获最佳答案，不是调味品添加得越多就越口味可佳、香气袭人，爱情原本的模样只是一个简单的磁场，单纯地吸引了频率相同的男男女女在磁场里不期而遇。

所以，亲爱的，当你忍不住受到磁力的吸引，请试着抛开心里过度的戒备和疑虑，还原爱情原本的模样，别再客套说爱自己，也看看对方十足的心意。

只要你不嫌爱情太麻烦，即使光着脚也能走到远方去。

即 使 占 尽 优 势，
也 别 为 所 欲 为

强势的狮子座习惯于把精力放在提高自身的威望上，他总是希望领导别人，但强行征服对方肯定是行不通的。要知道让别人从心灵上服从自己，从地位上仰视自己，采取不同的"征服"方式会有不同的结局。

成功的狮子座往往是在占尽优势时保持谦逊，而失败的狮子座却是得理不饶人，或者在占尽优势之后为所欲为。

伤害别人，其实就是毁灭自己。即使占尽优势，也别为所欲为。

有些微不足道的小人物，突然的某一天，或许会以令你惊艳的姿态出现。每个人都有优势，在某方面输给你，不等于在每个方面都输给你。

所以你要学会谦虚，别瞧不起任何人，他们只是在以你不了解的方式存在着。

谦虚是一种美，它会让这个世界更喜欢你，也会让你身边的人喜欢你。谦虚也是一种平凡的姿态，有自己最优雅的风采，像一阵小风，像一场小雨，像一支小流。

人生在世，没有谁的一生都是顺境的，偶尔会有波折，坎坷，那是必然的。人生的梦想与行走尘世的姿态，是成功关键的要素。

你可以在事业有成时享受，可以在幸福生活里沉溺，但是一定要保持一种谦虚的姿态和方式，那样的你才可以在漫漫人生路上读懂更多的内涵。

一个谦虚的人，会把成功当成下一个旅途的开始，因为深知成功需要努力，即使失败，他也有足够的心理承受能力。他不会夸夸其谈，炫耀他的成功，之所以如此，是因为他深深地明白，没有付出哪有回报。

谦虚的人不会在意别人的轻视，不会在乎别人的眼光，他的内心可以不断地积蓄能量，为成功做足准备。

渐渐的你会发现，不是所有的人都适合让你去分享成功的喜悦，有的埋怨你炫耀，有的妒忌，有的不屑。所以我们都慢慢变得谦虚起来，到最后，那些能让你毫无保留地分享骄傲的心情的人，那些在你得意忘形时也不会反感而带着微笑的人，才是你最重要的人。

待人接物最好要有一种"初学者"的心态。拥有初学者的心态是件了不起的事情。其实，每一天，我们都在不断地学习当中，学习做事，学习做人。向成功者学习，也向失败者学习；向年长者学习，也向年幼者学习。向他人学习，要学会发现别人的闪光点，并有一颗谦虚的心。

谦虚的人不去攀比自己的得失与拥有，会以一种安静、淡然的姿态生活。不会因为一句别人的轻视而郁郁寡欢，不会因为自己的生活不好去攀比嫉妒。他所看到的是平和与自然，所做到的是善待自己和身边的所有人，做一个知足的人。

在这个物欲横流的社会舞台上，谦虚很重要，做一个有理想的人，用一种谦虚的姿态行走在平凡的人世间，那也是一种修行。

人敬我一尺，我敬人一丈，为人处世，要用一种宽容的心态去相处，不是互相的伤害和彼此的计较，你伤害我，我伤害你，那都是无形地对自己人格的损害。

一个人的成就，不是以金钱衡量，而是一生中，你善待过多少人，有多少人怀念你。

生意人的账簿，记录收入与支出，两数相减便是盈利。人生的账簿，记录爱与被爱，两数相加就是成就。

你要知道，任何事都没有永远，也别问怎样才能够永远。生活有很多无奈，请尽量去充实你自己，充实属于你的生活。谁都不知道今天过去明天会如何，你现在要做的就是善待眼下的这一分钟、这一小时、这一天。

也请你不要再埋怨命运，而以感恩的心态面对生活，人生是一趟单程车，我们最应该做的，就是好好善待自己，珍惜今天，期待明天。那些走过的，错过的，都不再回来；丢掉的，失去的，都不复拥有。

愿你能够以美好的心情去欣赏周遭事物，以负责任的心去做好分内的事，以宽阔的心包容对不起你的人，以不变的心坚持自己的理念，以谦虚的心检讨自己的过失，以平常的心接受已发生的事实，以感恩的心感恩所拥有的，以放下的心放下最难的割舍。

愿将来的你，能够喜欢真实的你。

什么都要刨根问底，
却又承受不了真相的刺激

狮子座喜欢尽自己最大的努力守护自己的感情，不论对朋友，还是恋人，狮子座都表现十分得忠诚和执着。

狮子座的喜欢和爱都是"丧心病狂"的，喜欢的时候表现得很热烈，也很明显，如果不喜欢了会表现得更明显。

幸福是一盏烛光，当你穿行在万家灯火间，总有一片暖暖的荧光照亮你回家的路；幸福是一抹回味，萦绕在心际，酸甜苦辣都是曾经追逐的时光。

你若想让自己的一生过得快乐和幸福就必须记住该记住的，忘记该忘记的，改变能改变的，接受不能够改变的。

许多人将成长的注意力弄错了焦点，他们纠结于已经无法改变的事实，却忽略了真正应该把握的事情，结果导致耗费了美好的青春，落得个一无所有。

其实，我们应该专注在可以改变的事情上，而不是已经无法改变的事。面对无法改变的事，要有勇气去接受它。

无法改变的事情，最重要的莫过于缘分。

我们以为，开始一段爱和结束一段爱，都是容易的，甚至是值得期待的。而多年后蓦然回首才发现，原来爱情才是最奢侈的一次性消费品。因为，永远没有人在原地等你。

错过了，就定格成永久的风景，再多的遗憾和悔恨，都成为无法弥补的失去和惩罚！

这就是爱情的真相。

缘分当然还包括了友情。在很多时候，友情并不是一种资源，而是一种依靠，一种无形的力量。

朋友是你的后盾，在你困难的时候能给你最及时的帮助，因此在处理人际关系时，特别是朋友之间关系的时候，千万不能待人苛刻，更不能小心眼儿，贪小便宜、睚眦必报之人最终会得到惩罚。

这就是友情的真相。

除了感情，我们无法改变的事有很多，出生环境无法改变，身高、长相、容貌、声音无法改变，已经发生的事情无法改变，生活中充满了许多无法改变的事，无论是先天的也好，后天的也好，将心思花在已经无法改变的事上只是浪费时间，而且徒劳无功。

放掉过去的确很难，可一旦你懂得从过去学习、懂得放开过去，你便可以改善现状。

一个人可以改变的事也有很多，学历可以靠自己争取、能力可以自己培养、经历可以自己养成、机会可以靠自己争取，这世界有很多事情都可以改变。

一个人真正该花心思的就在于可以改变的事情，而不是将注意力放在已经无法改变的事情上。

谁都不可能永远站在世界的中心，命运能给予，也能夺走，必须习惯人生的时时洗牌，接受自己对他人并不是那么重要的事实。

当人的情绪处于低潮时，要学会转移注意力。有些事既然已经成为事实，就尝试着去接受，去面对。

一个人不可能改变世界，世界也不会因你而改变，你所能做的，就是适应现实，不钻牛角尖，别较劲。

新的一天，新的开始。无论今天发生多么糟糕的事，都不应该感到悲伤，你应该庆幸只是一天而已。

不管生活给予我们什么，我们都欣然接受，然后乐观面对。

你要知道，无法改变的事情要学会接受，可以改变的事情要有勇气改变；无法改变的事情要学会放下，可以改变的事情则努力去做出改变。然后，用胸怀接受不能改变的事情，用智慧分辨两者的不同。

对真相的追求过程中有一条极为重要的法则：无论何时，一个人若由于骄傲、妄想或其他什么原因而使自己封闭起来拒绝接受真相，那么他将失去所有接受真相的来源，反之若他肯敞开心胸去了解真相，那么所有消息的来源都足以让他了解真相。

所以，能否接受真相的决定权完全掌握在人自己的手中，与真相本身反而并无关系。

给自己一些时间，原谅做过很多傻事的自己，接受自己，爱自己。

你要相信，过去的都会过去，该来的都在路上。

图书在版编目(CIP)数据

我想一辈子都活在骄傲里 / 林小仙著.—北京：现代出版社，2017.9

ISBN 978-7-5143-6403-3

Ⅰ．①我… Ⅱ．①林… Ⅲ．①散文集 – 中国 – 当代 Ⅳ．①I267

中国版本图书馆 CIP 数据核字（2017）第 238950 号

我想一辈子都活在骄傲里

著　者	林小仙
责任编辑	赵海燕　毕椿岚
出版发行	现代出版社
通信地址	北京市安定门外安华里 504 号
邮政编码	100011
电　话	010-64267325　64245264（传真）
网　址	www.1980xd.com
电子邮箱	xiandai@vip.sina.com
印　刷	吉林省吉广国际广告股份有限公司
开　本	880×1230　1/32
字　数	132 千字
印　张	7.5
版　次	2018 年 2 月第 1 版　2018 年 2 月第 1 次印刷
书　号	ISBN978-7-5143-6403-3
定　价	38.00 元